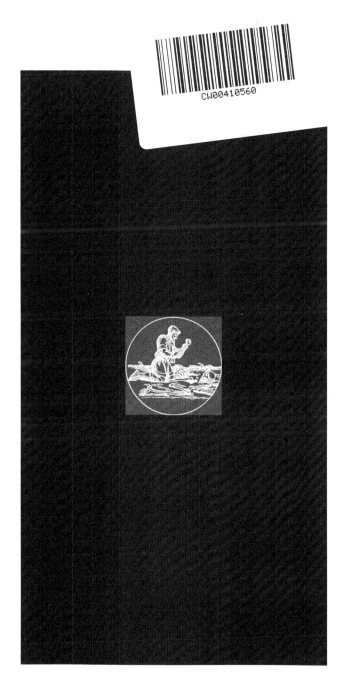

CW00410560

LE MENDIANT D'OS

Jenck Franer

1 - LE SECRET DES TADWICK

LE MENDIANT D'OS

Copyright : © 2023 Jenck Franer
Jenck.franer@gmail.com
Tous droits réservés
ISBN : 9798858156895
Dépot Légal : Mars 2020

LE MENDIANT D'OS
-1-
Le secret des Tadwick

Jenck Franer

Index des personnages

Les Tadwick (domaine de Gaverburry) :
Henry Tadwick, vicomte de Gaverburry, père de William.
Anne Tadwick, son épouse.
William Tadwick, nouveau vicomte de Gaverburry, major du 86e de chasse des Highlands.
Abraham, meilleur ami de William.

Les personnages de Gaverburry :
Katelyn, la cuisinière.
Delphine, la femme de chambre de William.
Margaret, l'ancienne femme de chambre.

Les personnages de Charity Cross :
Augustus Stricting, pasteur, ami de la famille Tadwick.
Foster, bras droit de Stricting, régisseur de Charity Cross.
Duncan Westerly, l'homme aux loups.

Les Gordon-Holles (château de Blenhum) :
Thomas Gordon-Holles, lord, duc de Malborough et propriétaire du château de Blenhum.
Eleanor Gordon-Holles, épouse de Thomas, née Mac Bain, fille du duc de Chalkurn Rob Mac Bain.
Edith, Sarah, Mary, leurs filles.

Les Fanelli :
Cesare Fanelli, apothicaire italien, ami de Henry Tadwick et de Thomas Gordon-Holles.
Giacomo Fanelli, son fils.
Donna Ferramo, épouse de Cesare et mère de Giacomo, décédée.

Des éléments du 86e régiment de chasse des Highlands :
Finch, Cat, La Touffe, La Mèche, compagnons de bataille d'Abraham et de William.

Les personnages près de Blenhum :
Mycroft Zeller, majordome de Blenhum, proche d'Eleanor.
Carmen la gitane, personnage lié à Finch.

Le clan des Mac Bain :
Gregor Mac Bain, l'oncle d'Eleanor, marquis de l'île de Warth.
Marcus Mac Bain, dit le dernier Nécromancien, frère d'Eleanor.
Eleanor Mac Bain, épouse de lord Gordon-Holles, duchesse de Blenhum.

Les proches des Mac Bain :
Erik Hansen, ami d'enfance d'Eleanor.
Archibald de St-Maur, ami du clan.

Les chasseurs :
Abdülhamid
Kalam, Selim de son vrai nom, son disciple dit « le dernier chasseur ».

Les hommes du Nouveau Monde :
Armando de la Roya, marquis déchu en quête de la cité légendaire de Cibola.
Le marquis de Hautecoeur, homme d'affaires français, à la solde de Thomas Gordon-Holles.

Illustration de couverture : Arnold Böcklin, Auto-portrait avec la mort au violon, 1872. Avec la courtoisie du Alte Nationalgalerie, Staaltiche Musée de Berlin

Illustration de Janus Lacinius 1546 : Cycle de résurrection

Pour la Naissance éternelle
Pour le retour de la Mort

-1-
Le Jugement

Angleterre, mai 1753, manoir de Gaverburry, propriété du vicomte Henry Tadwick

Il les entendit pousser leur cri lugubre, semblable au grincement d'un portail de cimetière figé par la rouille. Il s'approcha pour faire taire les nécrophages. Porté par le souffle froid des gisants, un air vicié, mélange écœurant de terre, de sang et de champignon pourri lui emplit les narines. Il pensa : une odeur de mort. Des nappes de brume, surgirent des arbres sombres tordus de douleur. Tels des spectres hantant les arènes du Colisée, ils attendaient le verdict. Il ne put s'empêcher de frissonner devant la noirceur de ce qui l'entourait. Il chercha le réconfort de la lumière, mais elle semblait avoir disparu à tout jamais. Quand le ciel d'encre se déchira dans un éclair, une lune rouge, terrifiante, apparut et le fixa. Son grand œil le jugeait. Son attraction fut si puissante, qu'un instant, il crut s'envoler. Mais le verdict était rendu : son âme, plus lourde qu'une enclume, l'empêchait de rejoindre les cieux. Une secousse agita les arbres de la clairière fantomatique et lui désigna ses bourreaux : les corbeaux.

Il avança pour éparpiller la nuée de volatiles en train de s'acharner sur la bête qui gisait au sol, immobile et fumante. Sa première pensée fut que la froideur de l'air était responsable de cette évacuation de chaleur. Sa seconde réflexion porta sur le cadavre dont la silhouette ne ressemblait pas à celle d'un animal. Il s'approcha encore, les gestes ralentis par la peur. Des cheveux noirs, de longs bras trop maigres comme ceux qui n'en finissent pas de pousser : il s'agissait d'un être humain. Devant le sacrilège que représentait ce festin, il chassa les immondes volatiles et se baissa. Il blêmit : son fils, William, ou plutôt son cadavre, se tenait là, à moitié déchiqueté. À moitié seulement, et cette idée saugrenue le rassura un peu. Puis, devant l'horreur, il se mit à hurler et bientôt, on entendit son cri de désespoir jusqu'au fond de la vallée. Il se sentit tomber, tomber, tomber...

Henry se réveilla dans son lit, en sueur. Un rêve, ce n'était qu'un mauvais rêve... Il se sentit soulagé, mais il ne parvint pas à oublier le cri odieux des corbeaux. Au bout de plusieurs heures, et après maintes tentatives inutiles pour se rendormir, il décida de se lever et songea :

« Mon héritage est maudit. De tout ce que je possède, je n'ai mérité ni mon titre, ni ma gloire, ni mes angoisses et mes peurs. J'ai appris aujourd'hui que les secrets cachés du regard des hommes, sont ceux que la honte et la peur dissimulent. »

Il quitta la fenêtre en soupirant.

Le printemps était arrivé, bien installé dans son écrin de verdure. Logé dans le Sussex anglais, le manoir de Gaverburry respirait l'air frais d'une aurore pleine de rosée. La cinquantaine fuyante, le maître des lieux, jouissait du spectacle grandiose que lui offrait la nature. Cette nature qu'il avait toujours chérie et qui lui avait offert tant de beautés sans contrepartie aucune. Il avait contemplé nombre d'aurores : des roses, des tristes et mêmes certaines qui, sous l'orage, offraient cette lumière bleutée qu'il aimait tant. Mais de tous, ce printemps était le plus précieux car c'était probablement le dernier qu'il verrait. Alors que le soleil éclairait la campagne d'un rayon brillant, il se dit que ce n'était pas un temps à mourir. Si seulement l'échéance funeste qu'il voyait poindre pouvait lui laisser du répit… Il avait encore nombre de choses à accomplir pour lui-même, mais surtout pour son fils. Fatigué, Henry retourna à son lit.

Au crépuscule de sa vie, il regardait derrière et, comme une journée passée trop vite à force de s'amuser, il ragea de son impuissance à la voir s'éteindre. À quoi bon la richesse si elle ne pouvait même pas vous offrir quelques instants de plus ?

Les médecins avaient beau prétendre que rien n'était joué, lui savait. Comme une flèche arrivant à bout de course, il essayait d'anticiper les derniers aléas pour toucher sa cible. Car il lui restait quelque chose d'extrêmement important à accomplir et il comptait utiliser ses dernières forces avec le plus grand soin. Il savait qu'il allait en avoir besoin pour lutter contre les ombres qui le menaçaient.

Son ami, l'apothicaire italien Cesare Fanelli, se présenta à son chevet. Son costume traditionnel noir était fané depuis longtemps, mais il y restait très attaché. Sa sacoche en cuir sombre contenait toujours mille objets. Elle ressemblait malgré elle à une sorte de bourse un peu informe, pourtant, son cuir patiné respirait encore la vigueur et la robustesse. Malgré la distance, Cesare Fanelli ne s'économisait pas le trajet. Voilà longtemps que les deux hommes étaient liés par l'amitié et un profond respect.

Henry Tadwick avait une passion qui lui venait d'un mystérieux héritage familial. Voilà maintenant des décennies que son père lui avait légué le secret des Tadwick : des reliques anciennes, dont personne ne connaissait l'origine. Nul ne se souvenait quand avait débuté le cycle, mais chaque aîné en héritait avec le château. La consigne était claire : cet acte était frappé du sceau du secret. Curieusement, jusque-là, personne n'avait enfreint la règle. Personne, à part Henry. Et depuis, elles embrassaient ses pensées jour et nuit, laissant flotter un parfum de mystère et d'interdit contre lequel il avait du mal à lutter.

À sa décharge, les reliques étaient rares, certaines pouvaient valoir des fortunes, voire des royaumes et des guerres. Seulement, un problème s'était posé au vicomte : ses aïeux ne l'avaient pas laissé cousu d'or. Si historiquement sa famille était riche, les saisons capricieuses et les crises économiques étaient passées par là… Henry lisait souvent le livre que William, son fils, lui avait offert : « Les voyages de Gulliver ». Voyant son père soucieux, il s'était dit qu'un livre d'aventure le distrairait un peu, ignorant que le « Voyage de Gulliver » représentait justement une allégorie des valeurs boursières, tantôt grandes… tantôt petites. Loin de se fâcher, Henry l'avait pris comme une leçon à ne jamais oublier. Le livre trônait donc en permanence dans son bureau.

Après quelques années très difficiles, il tourna donc son regard vers les bijoux de famille, en espérant éviter la banqueroute et le déshonneur. Il voulut savoir ce que les reliques valaient réellement, se disant qu'après tout, les trésors de guerre étaient faits pour ça.

Fort de sa jeunesse et de son enthousiasme, il se mit à rechercher leur provenance, un os n'ayant pas la même valeur suivant qu'il appartienne à Saint-Pierre ou à Cuthbert. Très rapidement, le réseau et les relations lui manquèrent. Il décida donc de se rapprocher du seul homme en qui il avait une confiance aveugle, son suzerain et ami Thomas, lord Gordon-Holles.

Le mystère familial du vicomte séduisit immédiatement lord Gordon-Holles, qui manquait cruellement de stimulants intellectuels. Les moyens affluèrent rapidement et la famille Tadwick fut à l'abri du besoin. Il put se consacrer à ses recherches pendant des années, l'esprit libéré des contraintes domestiques. Malgré toute sa bonne fortune, sa quête ne fut pas marquée du sceau de la réussite. Devant les difficultés d'Henry pour pénétrer ce monde fermé et, après discussions, Thomas Gordon-Holles débaucha Cesare Fanelli, un apothicaire italien du Vatican.

L'apothicaire, enquêteur, avait longtemps œuvré pour la Sainte Église Romaine en tant que spécialiste des reliques. Sans lui, le Seigneur Jésus-Christ posséderait encore quatre fémurs, six mains et une forêt de couronnes d'épines. L'Église luttait depuis longtemps contre toutes les formes de superstition, la vénération de ces objets pouvant détourner les fidèles de Dieu lui-même si elle était utilisée par des orateurs suffisamment convaincants. Les reliques n'étaient pas des os mais des sceptres pour n'importe quel prédicateur en goguette.

Ainsi, le triumvirat naquit. L'arrivée de Cesare Fanelli fut déterminante et leur donna le souffle qui manquait à leur entreprise hasardeuse. Mais ce qu'ils n'avaient pas prévu, c'est la place que les reliques prendraient dans leur vie. Elles devinrent une quête prenante, qui conférait à l'obsession, exerçant une fascination contre laquelle il était vain de lutter. Henry avait commencé à comprendre qu'il n'aurait jamais dû ouvrir ce coffret sulfureux. De plus en plus, ses nuits étaient peuplées de cauchemars affreux, comme si son âme sombrait progressivement dans la noirceur. Souvent, il ressentait le besoin de voir les reliques, de les toucher et juste après, ses pensées se remplissaient de visions funestes tachées de sang et de morts. À tel point qu'il mettait bien une heure avant de revenir à la réalité. Il avait dû faire chambre à part de peur que Anne, son épouse, ne s'en aperçoive. Il devenait fou et depuis peu, la maladie s'était ajoutée à l'équation. Il avait évidemment fait le lien, mais ses amis, qui avaient la sensation d'approcher du but et pensaient bientôt être capable de déterminer l'origine de ces mystérieux ossements, ne voulaient rien entendre de la menace qui pesait sur leur vie.

Cesare Fanelli, l'apothicaire, était abasourdi et l'air chargé du parfum des lilas l'empêchait de se concentrer. Il avait d'abord cru à une farce ou à une incompréhension, mais non allez savoir pourquoi, son ami Henry Tadwick changeait de cap. Il sentit ses tripes se nouer devant l'air buté du vicomte qui ne présageait rien de bon.

« Cesare ! Allons, ne croyez pas que j'agisse à la légère. J'ai réfléchi à cette piste, et je crois que j'ai toujours su que je ne pouvais pas laisser un tel fardeau à mon fils. Je vous supplie de me faire confiance une dernière fois. S'il vous plaît… »

Henry prit l'air suppliant du mourant implorant une dernière faveur. Cesare Fanelli leva les bras et les yeux au ciel en s'exclamant :

« Vous savez le mal que je me suis donné, ce que j'y ai abandonné ! L'air anglais a tué ma femme, j'ai délaissé mes obligations de père… et vous m'annoncez que tout est fini, que tout s'arrête avec vous ? Vous n'avez pas le droit de nous faire ça ! Cette quête est la nôtre ! »

Henry soupira :

« Cesare… Je comprends, mais cela devient trop risqué. Nous ne sommes pas les seuls à chercher ! Soyez certains que des gens pourraient tuer pour obtenir ce que nous avons. Je sens autour de moi comme un spectre maléfique… Et à présent que ma mort approche à grands pas, je prends conscience de la fatuité des choses. Je fais des rêves horribles et tous concernent mon fils William… »

Cesare tenta de le raisonner :

« Vous êtes malade…

– Pardonnez-moi si je préfère le repli à la fuite en avant. Je n'ai pas le droit de laisser cela en héritage à William. Mon père a été plus prudent que moi. Nous ne devons pas nous éloigner du chemin de Dieu. »

Cesare Fanelli s'arrêta brusquement. Il observa son ami de son regard acéré. Henry avait toujours trouvé que l'Italien ressemblait à un oiseau de proie avec son nez aquilin. L'apothicaire était épris de ce qu'on pouvait considérer comme de la piété moderne. Il croyait en Dieu mais haïssait l'obscurantisme. C'était donc cela… À la veille de sa mort, Henry Tadwick, inquiet pour son âme, faisait une crise de foi aiguë. Un instant, il esquissa une attitude presque méprisante pour cette réflexion. Henry vit de la commisération dans les yeux de Fanelli, ce qui l'énerva davantage.

« Vous croyez que c'est mon salut qui me tourmente ? » Henry était rouge de colère à présent, humilié par l'insinuation de son ami. « Vous n'y êtes décidément pas ! Pourriez-vous me dire à nouveau à quel saint appartiennent les reliques ?

– C'est que… Mais Henry, vous le savez bien ! Elles n'appartiennent pas à un saint ! Je pense l'avoir démontré avec certitude ! Pourquoi me posez-vous encore cette question ? »

Henry Tadwick était soulagé d'avoir stoppé l'élan de son interlocuteur. Il enchaîna pour garder le contrôle de la discussion :

« Pour autant, elles sont capables de miracles, n'est-ce pas ?

– Effectivement… j'en atteste. Elles sont même des plus remarquables, je n'ai jamais rien vu de tel. Mais où voulez-vous en venir, mon ami ?

– Que pense le Vatican de cela ? Et mon église Anglicane ?

– Que pense… Henry, vous plaisantez ? Ne mélangeons pas la science et Lucifer, personne d'autre n'est au courant de leurs pouvoirs.

– Alors si ces reliques magiques ne proviennent pas d'un saint, ni du Créateur, à qui croyez-vous donc qu'elles puissent appartenir ? »

Le revirement soudain du vicomte avait démuni l'apothicaire, mais l'Italien réfléchissait rapidement. Cesare songea qu'Henry protégerait son fils, même s'il devait le mettre en cage et tout sacrifier.

« Insinueriez-vous qu'elles sont diaboliques ?

– Je ne l'insinue pas, je l'affirme ! Il n'y a pas plusieurs façons de faire des miracles. Soit c'est Dieu et ses anges, soit… soit l'autre option. »

Henry Tadwick n'avait pas réussi à prononcer le mot, trop lourd de signification. À la veille de partir vers d'autres horizons, il pensait au diable, à son âme et à son fils. Ses recherches avaient-elles finalement servi le Malin ? Du fond de ses angoisses, un cri émergeait : il ne voulait pas que son fils connaisse le même sort.

Comprenant ses craintes de père à l'aube d'un abandon prématuré, l'apothicaire s'assit et lui prit la main. Le vicomte la reprit instantanément, hargneusement. Cesare Fanelli déclara :

« La seule vérité est que nous ne savons rien. Vos certitudes n'en sont pas, ce sont des angoisses de père. Je vous comprends, mais je ne peux les approuver. Ce cas, nous l'avions déjà évoqué ensemble. Nos conclusions étaient de poursuivre, Henry, je vous assure que le jeu en vaut la chandelle…

– C'est plus facile quand c'est l'âme des autres qui brûle ! Et si vous vous trompiez ? Si nous cherchions à déterrer un monstre ?

– Cher ami, nous ne nous mettrons pas d'accord, mais je ne veux pas vous fâcher. Pour finir, je crois que ce choix revient à votre fils. N'oubliez pas qu'il est aujourd'hui aux Amériques, dans l'armée de sa majesté où chaque jour il risque sa vie. C'est son choix. Pensez-vous que ce rêve qui nous anime ne l'attirera pas ? Faites-le revenir et parlez-lui-en. Décidez ensemble. Je crois que c'est juste. »

La chaleur montait dans la chambre. Henry pensa au retour de son fils et cette idée l'emplit de joie. William de retour à la maison, il saurait le convaincre de ne pas continuer. William… Depuis combien de temps ne l'avait-il pas vu ? Henry voulut se souvenir de leur dernière discussion… Et fit rapidement grise mine. Il fallait espérer que l'âge l'ait un peu assagi !

« Très bien… faisons ainsi. »

Après quelques mots de réconfort, Cesare Fanelli laissa ses prescriptions et la fiole contenant un remède. Sur un dernier regard, il quitta la chambre de son ami.

-2-
Main de fer dans un gant de velours

Manoir de Gaverburry,

Le soir arriva comme une délivrance pour Henry Tadwick tant il était épuisé. Le sommeil représentait la seule volupté à laquelle il pouvait aspirer depuis quelque temps. Depuis la visite de son ami Cesare Fanelli, il n'avait pas eu un instant à lui. Il avait dû lutter contre son épouse, qui avait commencé à transformer la chapelle du manoir en lieu de prière incessante. En bonne chrétienne, elle avait décidé de tout mettre en œuvre pour solliciter les faveurs divines. Augustus Stricting, le pasteur zélé de la paroisse, la secondait dans sa tâche.

Le vicomte avait tout d'abord prétendu cyniquement que ce n'était pas la voie de la guérison et que dans son état, il préférait que Dieu l'oublie encore un peu. Devant les menaces de Anne, il avait cédé et trouvé refuge dans son bureau transformé en chambre. Depuis quelque temps déjà, il ne descendait presque plus. Les bougies et les liturgies ne le gênaient pas outre mesure, simplement, il considérait que l'effet sur son optimisme n'était pas des plus efficaces.

Augustus Stricting et Henry se fréquentaient depuis longtemps, c'était son confesseur. Henry faisait quelquefois appel à ses compétences en linguistique. Il n'avait jamais été question de parler à Stricting des reliques et Henry procédait par image. Ce dernier n'en fut jamais vraiment dupe, mais n'en prit pas ombrage.

Cet après-midi-là, dans la petite chapelle du manoir toute illuminée, Henry s'était confessé. Il avait péché par vanité et voulait se repentir.

« Mon fils… Vous vous martyrisez inutilement. William, votre fils, a de quoi être fier, qu'est-ce qui peut bien vous tracasser de la sorte ?

– Toutes mes affaires ne sont pas en ordre. Il en reste une que je dois… comment dire ? Liquider. Je ne voudrais pas laisser des avoirs en suspens…

– Mon fils, vous devez faire confiance au Seigneur ! Ce n'est pas à vous de décider de tout. Partout autour de vous, on voit le bien de votre œuvre. Voyez ce que vous avez accompli à Charity Cross ! Soyez en fier et rassuré. »

Henry se parla à lui-même :

« Je lui expliquerai… Il est encore si jeune ! Mais il doit comprendre… »

Le pasteur lui coupa la parole :

« De qui parlez-vous ? Mon fils… Qu'auriez-vous de si terrible à vous reprocher qu'on ne puisse pardonner ?

– J'ai toujours agi pour aller de l'avant. Pour protéger les miens et mon nom. Je crois qu'aujourd'hui, j'ai fait fausse route.

– Vous parlez en énigme… Comment voulez-vous soulager votre conscience ? »

Henry émit un temps d'arrêt, le temps de ranger ses idées. La solution lui apparut clairement. Il fallait détruire ces reliques d'une manière ou d'une autre. Lui, n'en étant plus capable, il laisserait ce fardeau à son fils. La certitude que ses cauchemars étaient en réalité des visions, le conforta dans cette idée. Ces images de paysages inconnus, de visages qui criaient, et d'âmes qui brûlaient par la volonté d'un démon n'étaient pas un hasard. Les expériences qu'ils avaient faites avec le sang des reliques lui avaient corrompu l'esprit. Mais il ne les laisserait pas lui noircir l'âme. Pas plus que celle de son fils. Certes, il lui laissait une mission délicate, mais il espérait que ce dernier ferait le bon choix.

« Je crois mon père, que la solution est dans la lumière de Dieu. Et pour cela, il me faut supprimer l'objet de la tentation et du péché. Les preuves ne sont rien face à la lumière de l'esprit. »

Dans la confidentialité de la chapelle du manoir, Augustus Stricting bénit le vicomte. Il savait toujours trouver les mots, et sa bienveillance adoucit l'humeur maussade d'Henry.

Plus tard, le vicomte regagna son bureau où il dormait seul depuis quelque temps, car la maladie le tourmentait de plus en plus. Il relut une énième fois la lettre qu'il avait écrite à William, des fois que… Il vérifia surtout le passage où il lui enjoignait de cesser de chercher la source des reliques.

Il posa la lettre à côté de lui et ne se coucha qu'à moitié satisfait. Ce soir, la douleur était insupportable. Pour ajouter à ses tourments, une angoisse le torturait : Comment s'assurer que cette lettre parviendrait bien à William ? Certes il pourrait la laisser à sa femme, mais curieuses comme sont les femmes, elle la lirait… Le pasteur ne faisait pas meilleur hôte, les hommes d'Église et ces dames avaient ce point commun d'adorer les secrets. Quant à Cesare Fanelli et Thomas Gordon, ils pouvaient être tentés de la faire disparaître pour convaincre William de poursuivre.

Dans son lit, Henry sentait la fièvre qui montait. Il regarda la potion laissée par Cesare et l'ouvrit. Il sentit le chanvre et les produits opiacés. Il décida de ne pas en prendre afin de garder toute sa tête. La conscience allégée, le cerveau du vicomte échafauda un stratagème. Quand il se recoucha, il était satisfait. Anne passa le saluer comme à l'accoutumée et lui caressa tendrement les cheveux. Elle redoutait le jour où elle passerait ses soirées avec la solitude comme seule compagnie. Ce soir, il s'endormit si rapidement et si serein qu'elle se prit à rêver d'une possible guérison.

Henry rêvait. Mais si ce diable de Morphée lui avait tendu les bras, c'était pour mieux le tourmenter. Il avait chaud et son corps brûlait de l'intérieur. La fièvre le consumait, provoquant une fois de plus des cauchemars. Plongé dans une marmite remplie de bouillon, il sentit l'odeur du feu de cheminée. Une présence sombre se pencha sur lui et le plongea dedans, l'empêchant de remonter à la surface et de reprendre son souffle. Soudain, il se sentit suffoquer et se réveilla en sursaut. Mais le calvaire continuait, il ne parvenait pas à respirer. Dans un effort, il sortit de son cauchemar en quête d'oxygène, mais rien n'y fit, les parois de la marmite devinrent les murs de sa chambre. Une main gantée d'un épais cuir noir le cloua au lit, pendant que l'autre lui obstruait le nez et la bouche. Quelqu'un cherchait à l'étouffer !

Il se débattit avec vigueur, frappant et frappant encore les bras de son agresseur. Mais la prise ne faiblissait pas. Il lutta encore et encore. Il chercha à attraper un objet à proximité mais l'homme l'en empêcha, pesant de tout son poids sur le malade. Dans un ultime sursaut de vie, il aperçut une lettre qui flambait dans la cheminée.

« Calmez-vous… Ce n'est qu'un peu d'avance. Je ne pouvais pas vous laisser tout gâcher. Cette quête est importante, unique et peut-être que de là-haut, vous comprendrez mieux. Votre lettre était vraiment trop pessimiste. J'ai préféré la tenir secrète. Je vous souhaite un bon voyage. Que Dieu vous garde et qu'il éclaire le chemin de votre fils ! Qui sait, il s'en sortira peut-être, lui ! »

Cette voix ! Ce rire ! Le traître ! Henry comprit…

Il redoubla d'efforts mais son souffle s'éteignait. Sa vision se troubla, il pensa à William, à ces quêtes auxquelles il l'avait initié… Le vicomte, dans ses derniers instants, pria pour que William se souvienne des jeux de son enfance.

Médecine Légale ?

Manoir de Gaverburry.

Cesare Fanelli, son fils Giacomo et Anne Tadwick parlaient à voix basse, comme s'ils craignaient de déranger la mort. Le petit salon était une pièce cossue, qui invitait habituellement à la convivialité et au bien-être mais ce soir, les corps éloignés des interlocuteurs donnaient une sensation de froid aussi sûrement que le feu éteint de la cheminée. La pièce sentait les larmes et la tristesse, et la bruine qui frappait aux carreaux, semblait vouloir participer à l'ambiance morose de ce début de soirée. Après les salutations et les condoléances d'usage, Cesare Fanelli brisa le silence de la maison endeuillée.

« Pardonnez-moi, Anne, puis-je rendre un dernier hommage à notre cher Henry ? Lord Gordon-Holles... Enfin... Il ne pourra se libérer qu'aux funérailles...»

La vicomtesse se contenta de hocher la tête. Cesare ajouta :

« Il est dans son bureau ?

– Oui, il n'a pas bougé, il est dans son lit... Je n'ai pas eu le courage... Ce sont les domestiques qui l'ont...»

Anne Tadwick souffrait de toute son âme, même si elle tentait de faire bonne figure. Elle avait les yeux rouges, usés par les larmes et la tristesse. Fanelli demanda doucement :

« Puis-je m'y rendre ?

– Oui, oui, bien sûr, je vous accompagne.

– Ne vous donnez pas cette peine, je connais le chemin et votre croix est déjà assez lourde. J'ai moi-même perdu mon épouse et sans prétendre comparer nos douleurs, je compatis sincèrement. »

Il fit un geste de tête à son fils et ils s'engagèrent dans les escaliers. Parvenu à l'étage, Giacomo commença à ressentir l'angoisse des premières fois. Bientôt, il allait découvrir le corps de l'ami de son père. L'apothicaire avait tenu à ce que son fils l'accompagne, car le caractère devait se forger tôt. Pour lui assurer une formation complète, son père lui avait déjà fait ouvrir toutes sortes de cadavres de mammifères à l'odeur infecte. Il avait même appris à s'habituer aux insectes qui s'invitaient invariablement au festin. Il y avait aussi les pendus d'Avery Lane… Leur visage gonflé et déformé avait un côté impressionnant et lugubre. Mais il ne s'était jamais approché de ces corps inconnus et hostiles. C'était son premier vrai mort. Ici, l'attendait son destin.

Giacomo retint sa respiration, le cœur battant à tout rompre. Il déglutit bruyamment et imita son père qui pénétrait dans la pièce. Quand il rouvrit les yeux, il était face au corps d'Henry Tadwick.

La chambre était comme Cesare l'avait laissée la veille. Tout était en ordre : les draps avaient été changés et Henry était couché, comme assoupi. L'apothicaire prit une petite chaise et s'installa à côté du lit pour prier.

Giacomo détailla le mort de son regard sombre. Ses yeux mettaient toujours les gens mal à l'aise, car ils donnaient l'air de tout inspecter. La blancheur de cette peau… ce calme. Comme si l'intérieur de cet homme avait été emprisonné par le givre. La vision du corps sans vie, allongé, eut un effet hypnotique sur le jeune homme. La peine et la souffrance avaient quitté le corps. Il avait fallu en passer par là pour séparer la vie de la maladie. Giacomo se mit à frissonner quand il lui sembla entendre une voix. C'était étrange, comme si l'âme de Henry flottait au-dessus de la pièce et qu'il ressentait ses émotions. Plongé dans ses prières, son père ne remarqua rien. Comme une marionnette commandée par des fils, Giacomo se rapprocha doucement du lit sans faire de bruit. Le cadavre l'appelait. Arrivé tout contre lui, sa main se porta sur le linceul et glissa lentement vers la cheville du vicomte qu'il ne put s'empêcher de toucher. Une connexion s'établit. Le visage de Henry paraissait vidé de toute souffrance, pourtant quelque chose ne collait pas. Si l'enveloppe charnelle avait l'air soulagé, il restait une douleur enfouie, tue. La main de Giacomo enserra la cheville d'Henry et commença à appuyer. Il inspecta le corps, comme si le linceul n'existait plus. La forme des jambes, le bassin, étrangement tordu.

Le cri de détresse d'Henry « William ! » lui martelait la tête, lui donnant une migraine lancinante. Il eut la vision d'une marmite bouillante et l'impression de suffoquer. Cette image s'éloigna aussi soudainement qu'elle était apparue. Dans un état second, Giacomo inspectait maintenant chaque parcelle du corps. Sorti de ses prières, Cesare Fanelli remarqua le comportement bizarre de son fils.

« Mais que fais-tu ? »

Quand son père l'apostropha, Giacomo sursauta, se trouvant un peu stupide. Il sentit le sang affluer sur ses joues et son visage se mit à rougir. Cela ne fit qu'aggraver son émotion. Cesare Fanelli ne comprenait rien à ce qui se passait. Il prit l'action de son fils pour un geste de curiosité malsaine, il détourna le regard finissant son geste de croix.

« Au revoir, mon ami… »

Giacomo n'osait plus esquisser le moindre mouvement. Il essaya de reprendre sa transe mais plus rien ne se passa… Déçu, il s'apprêtait à suivre son père, quand il s'arrêta brusquement.

« Père…

– Oui ?

– Avez-vous remarqué les signes sur ses talons et les traces d'anoxie des doigts ? »

L'apothicaire observa le cadavre à son tour. Giacomo continua :

« Rapprochez-vous père, c'est cela qui me chiffonnait. Regardez, il ressemble un peu aux pendus d'Avery Lane. »

Cesare essayait vainement de comprendre, mais il ne voyait que le tissu qui recouvrait le corps.

« Je ne comprends pas…

– Père, je ne crois pas qu'il ait été victime de sa maladie. Je crois qu'il a été étouffé… »

L'apothicaire leva délicatement le drap. Le jeune homme poursuivit :

« Ses ongles portent des traces de cyanose. Il est vrai que la mort par étouffement n'indique pas forcément un meurtre, mais il s'est débattu, regardez… »

Giacomo désigna les ecchymoses aux bras.

Cesare Fanelli resta coi. Comment cela était-il possible ? Grave et muet, il fixa son fils. Puis, pour clore la discussion, il lança d'une voix volontairement forte :

« J'en informerai personnellement Thomas Gordon-Holles… Il décidera quoi faire. Je suis réellement impressionné, Giacomo. Tes lectures portent leurs fruits, c'est sûr. Mais comment as-tu fait pour deviner si vite ? D'autant qu'il y avait un drap sur le corps…

– Je… » Giacomo était très mal à l'aise à présent.

« Je te regarde travailler, voilà tout… Sa main dépassait… »

La réponse ne l'avait pas convaincu. L'apothicaire se demandait s'il devait être fier ou inquiet. Giacomo, en baissant la tête, sortit de la pièce, laissant son père à ses réflexions. Le trajet de retour fut des plus silencieux. En descendant de la carriole, Cesare prit la décision d'écrire à Salvatore. Cela faisait longtemps qu'il ne parlait plus à l'oncle de sa femme, mais la situation l'imposait. Lui saurait.

-4-
William Tadwick

Angleterre, château de Blenhum, propriété de lord Gordon-Holles, quelques mois plus tard.

Le château de lord Gordon-Holles, duc de Marlborough, n'était guère accueillant de prime abord. La pierre blanche, salie par la pluie, et les créneaux grisâtres, lui donnaient un air funeste, impression confirmée par la présence d'arbres centenaires près de l'entrée, dont l'ombre lugubre semblait prévenir les étrangers qu'ici, les choses sérieuses commençaient. D'ordinaire occupé, le château de Blenhum était aujourd'hui totalement vide d'occupants. Le personnel et la garde se trouvaient réduits à leur plus simple expression et les dimensions gigantesques de l'édifice supportaient mal la solitude imposée par le maître des lieux. Lord Gordon-Holles avait tenu à ce régime strict afin de n'être dérangé par aucune futilité. Même son épouse et ses enfants avaient reçu pour consigne d'aller se divertir ailleurs. Ce choix très singulier avait fait sursauter Mycroft, le majordome, qui se demandait bien ce qui justifiait un tel traitement. Malgré cela, le château de Blenhum restait impressionnant. Sa taille et sa hauteur ressemblaient à celle d'une petite ville en effervescence. Les jardiniers s'activaient, armés de râteaux, à chasser les feuilles mortes de l'automne. Dans le cabriolet, William Tadwick, nouveau vicomte de Gaverburry, respirait l'odeur de sa campagne natale. Pour la première fois, depuis de longues années, il allait passer l'hiver en Angleterre.

Au service de sa majesté Georges II, William Tadwick

avait affronté les guerres contre les Algonquins, les hivers acadiens, les privations et le froid. De ses voyages, il avait ramené de l'assurance, un ami et quelques cicatrices. Il était parti chercher l'aventure, il revenait avec des souvenirs de guerre et une autre idée de l'horreur. Loin des sermons de l'Église, il avait vu les hommes égaux devant le mal. La cruauté, tour à tour nécessaire ou inutile, dispensée sans hésitation. Assassiner pour une pièce d'or, tuer l'enfant qui grandira, manger le cœur d'un ennemi étaient, tour à tour, profession, barbarie ou geste politique. Après quatre années passées à la frontière entre la France et les tribus indiennes, il savait que la souffrance avait pour seule limite l'imagination des hommes. Il avait vingt-quatre ans, son âme en avait le double.

Fier de l'homme qu'il était devenu, tout cela n'empêchait pas ses regrets. Son père était mort pendant son séjour en Nouvelle Angleterre et il avait appris la nouvelle par un message impersonnel. Lord Gordon-Holles avait organisé le retour de William. Sitôt la mort de son père connue, il fut libéré de ses engagements militaires, une place dans un vaisseau de sa Royale Majesté mise à sa disposition. Cependant, bien que l'océan fût anglais, il restait long à traverser. Quand Anne Tadwick pleura dans les bras de son fils, Henry était enterré depuis longtemps. La première action du nouveau vicomte de Gaverburry fut de fleurir la tombe de son père et la seconde, de venir remercier lord Gordon-Holles de ses attentions.

Perpétuant la confiance que sa famille accordait aux Tadwick, Thomas Gordon-Holles décida que le fils d'Henry Tadwick, vicomte de Gaverburry, reprendrait les charges de son père. Thomas Gordon-Holles balaya les pressions qui affluèrent de toute part d'un revers de manche. Il confirma son choix, signe de son attachement aux Tadwick et ordonna de laisser à William l'occasion d'appréhender ses nouvelles fonctions.

Après quatre ans de service dans l'armée, William ne savait plus trop où était sa place. Certes, il comprenait que son intérêt et celui de sa famille se trouvaient dans l'accomplissement des mandats de son père et qu'il avait un comté à faire vivre, mais était-ce un rêve pour un aventurier ? Qu'était-il en Angleterre sinon un noble tout juste bon à s'agenouiller devant un maitre ? Que pouvait-il espérer construire ? Une femme, de beaux enfants, un domaine ? À ses yeux d'ambitieux, cela ressemblait à la verroterie que les Français distribuaient à leurs amis Indiens. Il avait connu la guerre et ses risques, mais aussi ses opportunités. Il savait qu'il y avait des terres sans duc ni marquis à saisir. Il y en avait tout un continent !

Dans le cabriolet, William pilotait fièrement. Grand, large d'épaules, sa peau hâlée par des soleils plus exotiques faisait ressortir ses yeux verts, lesquels trahissaient une nature ombrageuse et un goût prononcé pour les femmes. William Tadwick était un homme trompeur. Il représentait un mélange curieux d'arrogance et de gentillesse. Les contraintes de la guerre avaient modelé son corps souple de jeune homme en un guerrier accompli. Après quelques difficultés, il s'était forgé une réputation de valeureux combattant et de bon diplomate. Il devait ses brillants états de services à un homme : le marquis de Fairly, qui avait su comment utiliser et canaliser la fougue du jeune homme. Le jeune vicomte démontra rapidement de l'intelligence et de la résistance. De constitution solide, il craignait moins le froid, l'humidité et la fatigue que ses congénères. Au registre des défauts, il y avait, outre les femmes, sa curiosité maladive. Il ne ratait jamais une occasion de se jeter dans la gueule du loup.

Se fichant des protocoles nobiliaires, il était venu en Angleterre, accompagné de son aide de camp et ami de tous les mauvais coups : Abraham le géant. Les hommes l'avaient surnommé ainsi en raison de sa carrure peu commune. Ses larges épaules ne lui permettaient pas de fermer sa tunique rouge, ses colliers changeaient de la rigueur militaire et sa coupe de cheveux lui donnait un air féroce. Son visage quant à lui, semblait taillé dans la roche et ses yeux enfoncés dans les orbites n'étaient pas sans rappeler ceux d'un prédateur. Abraham le guerrier Mohawk était bon éclaireur, parlait plusieurs langues indigènes, en plus d'afficher une fidélité sans faille envers William.

Abraham n'était pas complètement indien, mais à moitié seulement. Son père, un Français, de ce qu'il en savait, était un coureur des bois. Ces trappeurs vivaient des fourrures chassées en terres indiennes. Leurs relations avec les autochtones étaient souvent bonnes et quelquefois un peu trop appuyées. Sa mère qui vivait en bordure des villes, préféra pour son fils l'éducation des blancs aux tomahawks indiens. Rapidement, la mère délaissée reprit la route des forêts, laissant à l'Église et ses représentants la destinée de son fils.

Il se vit confier à des missionnaires jésuites. Quand il fut en âge de choisir un nom de baptême, il choisit celui d'Abraham. Cela ne plut pas à tous les frères, mais le père de la mission déclara que ce nom le prédestinerait sans nul doute à guider ses compatriotes vers la lumière. Son éducation était donc plus que tout à fait correcte et s'il n'avait pas été Indien, il aurait sans doute pu occuper des postes à responsabilités... Mais Mohawk il était, et il savait cette voie sans issue. Sa couleur de peau lui interdisant la revendication d'être blanc, il était devenu Indien sans tribu et sans sou. Après quelques aventures dont il ne parlait jamais, l'armée de sa majesté Georges II trouva dans cet auxiliaire peu banal, un excellent interprète et un éclaireur hors pair, bien qu'au fort mauvais caractère. Les deux amis, ayant pour trait commun de s'attirer des ennuis, William le fit sortir de prison après l'y avoir rencontré.

Depuis quatre ans, le service les soudait l'un à l'autre et en avait fait des frères d'armes. Quand William rentra au royaume, il proposa naturellement à Abraham de le suivre. Afin de lui éviter les ennuis liés à sa demi-condition indienne, William avait sollicité l'autorisation de le garder à son service personnel en engagé volontaire et cela, à ses frais. Cela lui fut accordé, tant que cela ne coûtait rien à la couronne.

Dès l'arrêt des chevaux, les domestiques commencèrent leur ballet mais la vue d'Abraham les stoppa net dans leur élan car, devant eux, surgissait un problème de protocole. Dès lors, les valets se figèrent et ne surent quoi faire, amorçant un mouvement de recul. Abraham les toisa puis descendit d'un bond en posant sa main sur la pierre de son tomawak, ce qui provoqua un vif émoi. Une fois au sol, les valets n'osèrent pas l'approcher davantage. Il mesurait presque deux mètres et sa musculature était herculéenne. Les valets reculèrent de concert.

Pour apaiser l'affolement collectif, le majordome du château, Mycroft, vint les accueillir en personne et forma la haie des valets. Leur allure martiale et prestigieuse inquiéta un instant la conscience toujours tranquille d'Abraham. William, en descendant du cabriolet, crut apercevoir quelqu'un à la fenêtre qui les observait à la dérobée. Il ne put chasser l'impression désagréable que la silhouette sombre lui causa. Mais l'agitation des valets qui déchargeaient les malles lui fit détourner le regard. Un peu en retrait, Mycroft le majordome supervisait l'opération, méprisant du coin de l'œil l'aide de camp de William, trop différent pour être civilisé. Susceptible, Abraham en rajouta une couche par défi. Tandis que tout ce petit monde tournait autour de lui, l'Indien, pivotait sur lui-même, les mains sur les tomahawks. La maisonnée découvrait Abraham. Le Mohawk émit un grognement, toisant du regard ses infortunés adversaires. Le majordome, lassé de ce manège, fit cesser le petit jeu et dispersa les valets.

« Si monsieur le vicomte veut bien se donner la peine de me suivre…»

D'un pas altier, le majordome s'élança en direction d'un des salons. Cette allure fit sourire William. Il songea que la fonction qui rendait le plus fier de soi devait être majordome. Il avait croisé des chefs tribaux, des commandants, des capitaines et un roi. Aucun n'avait l'air aussi pédant que le plus petit de ces majordomes. Cela étant, un salaire décent, de la bonne chère et une liste d'ennuis raisonnable rendaient la fonction de majordome supérieure à celle de militaire à bien des égards.

Abraham se délectait du spectacle de ce salon cossu. Le tapis grenat, le feu ronronnant de la cheminée, l'odeur du bois ciré… Toujours aux aguets, il remarqua tout de même que le majordome ne cessait de plisser du nez d'un air écœuré. Mycroft était terrifié à l'idée qu'un tel énergumène utilise les fauteuils tapissés. Ne pouvant rien objecter à monsieur le vicomte, il leur proposa de prendre place afin de patienter jusqu'à la venue de lord Gordon-Holles. Il demanda s'il devait prévoir du thé pour « l'ami de monsieur ». On lui répondit positivement. Alors qu'il n'était pas encore sorti, Abraham se mit à ouvrir tous les placards de la pièce sous l'œil perplexe de Mycroft. Le majordome finit par déclarer d'un air dédaigneux :

« Je propose de laisser le soin à monsieur le vicomte d'initier son ami. Si monsieur ne trouvait pas le temps d'expliquer l'étiquette anglaise à son invité, nous pourrions envisager de le placer dans un endroit plus à propos que les salons du château. Ceci évidement afin de faciliter son intégration à des mœurs qu'il ne connaît pas. »

Puis, d'un mouvement vif et hautain, le majordome sortit. Dès que la porte fut fermée, le Mohawk se jeta sur le sofa et fit dépasser ses bottes de l'accoudoir. William agacé lui dit :

« Tu n'en as pas marre de jouer les provocateurs ?

– Ils veulent voir une bête sauvage, alors je la leur sers !

– Tu ne me rends pas service, tu sais. Lord Gordon-Holles est un homme important, il faut que je lui plaise.

– N'oublie pas que je ne t'ai jamais demandé de venir ici. Tu m'avais promis la visite des femmes de Londres et tu me traînes de châteaux en châteaux, c'est d'un ennui ! Celui-ci sent le froid et le moisi. J'espère qu'on ne restera pas trop longtemps. »

William leva les yeux au ciel en soufflant.

« Mon père et lord Gordon étaient très liés. À son décès, il m'a confié les charges qui lui appartenaient.

– Les charges ?

– Oui, les responsabilités, si tu préfères, avec les avantages financiers qu'elles procurent. Sa grâce Gordon-Holles n'est pas n'importe qui, il est très influent. Nombreux sont ceux qui se battent pour être à son service.

– Mouais… Prions pour que ça ne soit pas encore une cause perdue d'avance. »

Le ballet des domestiques qui apportaient le thé débuta. Les servantes essayaient d'afficher une certaine normalité, mais tous leurs efforts trahissaient un manque de sincérité. La porcelaine fine, les petits gâteaux, tout était là. La table fut dressée en quelques instants. William feignit d'ignorer tous les préparatifs en allant se poster à la fenêtre. S'il aimait le thé, il détestait son cérémonial. Il pensa : « Voici la collation du thé pour laisser au lord le temps de finir ce qu'il fait de plus important que toi ». Ces attentes convenues faisaient partie du jeu. Abraham reprit à merveille son rôle et décida de s'amuser. Il saisit une tasse du plateau, fragile dans ses grosses mains, et la roula de bord en bord, au plus grand affolement des domestiques.

Mycroft amorça sa deuxième attaque cardiaque de la journée, si l'on considère qu'il s'était remis de voir un Indien sur le sofa. Alors qu'Abraham déplaçait la tasse d'un coin à l'autre de ses mains, il se coinça volontairement le doigt dans une anse. Mycroft gémit. La plus hardie des servantes vint au secours de la tasse. Aidée du majordome, ils tentèrent de dégager le doigt de l'Indien qui se débattait avec l'objet maudit. Finalement, de circonvolutions en circonvolutions, le majordome et la servante crurent tenir le bon bout, mais une rebuffade d'Abraham fit céder l'anse.

Le majordome fixa le géant avec rage, pestant contre tant de sauvagerie. Abraham grogna un juron en mohawk, en direction de la servante et du majordome, se dressant de toute sa taille. Devant l'énorme masse en colère, Mycroft vira du rouge au blanc. William, sentant la situation déraper, intervint :

« Laissez, je vais m'en occuper. Concernant l'incident,

je remplacerai le service. Écrivez à la manufacture et indiquez-leur que je prends en charge son règlement.

– Certainement, monsieur le vicomte, il sera fait selon votre convenance. Hum… »

Mycroft quitta son air contrit et se revêtit de la plus grande dignité pour annoncer :

« Sa grâce Gordon-Holles me charge de vous faire savoir qu'il sera bientôt parmi vous et qu'il vous remercie de votre patience.

– Remerciez-le de cette attention, voulez-vous. Au fait, je trouve le château plutôt vide… » Mycroft prit un air important pour répondre :

« Monsieur le vicomte possède des qualités d'observation remarquables. Personne d'autre n'est présent dans le château en effet. Ce sont les ordres de sa grâce lord Gordon-Holles. »

Le majordome quitta la pièce triomphalement. Finalement, il était assez fier de lui. Il avait utilisé un des services incomplets des domestiques. Il projetait déjà de revendre les restes de celui-ci. Ce que lord Gordon n'avait pas perdu n'avait pas à lui être restitué.

Quand ils furent à nouveau seuls, William jeta un regard sombre sur Abraham. Ce dernier haussa les épaules et lui dit tranquillement.

« Si on ne peut plus rigoler un peu…

– Tu me dois un service à thé.

– Mets-le sur ta liste, celle où il y a la maison de cet imbécile et ton cheval inestimable… »

L'Art et la manière

Château de Blenhum.

À l'étage, dans la confidentialité de son bureau cossu, lord Gordon-Holles n'avait rien raté de l'arrivée mouvementée de William Tadwick. Près de lui, Cesare Fanelli patientait. L'Italien était un homme aux cheveux blancs, que le temps et les potions avaient marqué jusque dans son corps. Les différences entre les deux hommes étaient criantes : lord Gordon-Holles droit et élancé comme une épée faisait face à un homme vieillissant au dos courbé par les salutations exagérées et les mesures trop basses. Mais à les voir, on pouvait supposer que leurs relations n'étaient pas celles de seigneur à sujet, ils semblaient proches, presque intimes. Lord Gordon-Holles demeura à la fenêtre encore un long moment. Lorsqu'il vit le Mohawk refuser de donner son sac, la scène lui fit plisser le nez qu'il avait très long, et un « tss… » méprisant s'échappa tranquillement.

Il se dirigea vers son bureau et fouilla dans ses tiroirs. Le cuir anglais et le bois sombre donnaient une ambiance particulière à la pièce, même au beau milieu de la journée. Ici on perdait rapidement la notion de la réalité et c'est pourquoi lord Gordon affectionnait particulièrement l'endroit. Non pas qu'il fut aussi vaste et prestigieux que son bureau officiel, mais il y venait pour s'y sentir hors du monde et du temps. Il pensait qu'ici les idées venaient, plus brillantes que nulle part ailleurs. Il sortit des jumelles de théâtre et retourna à la fenêtre.

L'apothicaire quitta la fenêtre pour un fauteuil puis lança :

« Comptez-vous lui dire pour son père ? »

Thomas Gordon-Holles ne détourna pas ses jumelles de la fenêtre. Cela faisait maintenant longtemps que la question trottait dans sa tête. En réalité, depuis que le fils de Cesare, Giacomo, avait suspecté un meurtre. L'affaire, déjà compliquée des reliques, avait pris une tournure différente. Ne sachant que dire, il répondit par une autre question :

« Est-on seulement certain de ce qui lui est arrivé ?

– Vous le savez bien. Tout ça me pousse à croire qu'il ne s'agit pas d'une mort naturelle mais bel et bien d'un meurtre. Si vous vouliez des certitudes, il aurait fallu me laisser vérifier. »

Lord Gordon-Holles frémit à cette annonce. Ouvrir le corps d'Henry ! Même s'il n'était pas un enfant de chœur, cette possibilité le répugnait. Et puis que dire à sa femme ? Que le danger rôdait ? Que son mari était peut-être mort assassiné, que le meurtrier courait toujours et que son fils était potentiellement en danger ? À quoi bon vérifier une certitude… La vraie question était le mobile. D'ailleurs, Fanelli ne manqua pas de le souligner :

« Même si vous feignez de l'ignorer, il se pourrait bien que les reliques soient la raison de ce meurtre ! »

Thomas ne put tolérer cette pensée. Il se retourna et répondit sèchement.

« Ceci est inconcevable ! Il n'y a que trois personnes qui soient au courant et les deux seules vivantes se tiennent dans cette pièce. Alors, si vous avez quelque chose à dire pour soulager votre conscience, c'est le moment, sinon oublions cette chasse aux sorcières inutile ! Il ne peut y avoir eu de trahison. Henry savait garder sa langue. Sachez que le hasard garde toujours sa place dans les grands desseins. »

L'apothicaire baissa la tête et se parla à lui-même :

« J'aurais dû l'écouter davantage. Henry se méfiait, il se sentait menacé, observé. J'ai cru qu'il devenait paranoïaque, c'est une affliction assez commune chez les personnes malades, mais il avait raison et je n'ai rien fait pour l'aider.

– Vous avez fini ? Votre séance de flagellation publique commence à m'ennuyer. Dehors, juste sous cette fenêtre, se tient le fils d'Henry et croyez-moi, lui est bien vivant. » Thomas fit une pause et son ton devint plus mélancolique. « Je meurs d'envie de tout lui dire. Pourtant, quand je le vois… le doute m'envahit. Regardez, il a la même démarche qu'Henry. »

Lord Gordon-Holles médita encore quelques instants, en regardant la scène qui se déroulait en bas de son château. Il se contenta d'ajouter :

« Nous lui expliquerons de quoi il retourne, mais doucement. L'organisme est capable de digérer bien des choses si elles sont convenablement présentées. Nous verrons bien s'il perce la carapace ou si l'armée lui a définitivement ôté tout esprit. De toute façon, nous avons jusqu'au printemps. Ne nous précipitons pas. » Puis comme en s'excusant : « Je sais qu'aucun père ne souhaiterait voir son fils prendre des risques, mais le sort en a décidé ainsi. Le fils remplacera le père. Celui-ci vient de traverser l'océan pour y porter les armes de l'Angleterre et il s'y est bâti une solide réputation. Croyez-vous que son père l'ait voulu ? Non. Ah ! Ces enfants ! Si seulement ils pouvaient passer leur vie à nous écouter ! Cesare, je ne suis pas de ceux qui prétendent que l'ignorance soit la meilleure des armures. Elle tue plus sûrement qu'elle ne protège. Alors, s'il me parait capable, nous lui expliquerons. Pour l'instant, observons ses réactions et si tout se déroule comme prévu, il en saura plus dans quelques jours.

– En agissant ainsi, ne craignez-vous pas de perdre sa confiance ? »

Thomas Gordon-Holles fit la moue.

« S'il ne comprend pas nos allusions, c'est qu'il n'est pas digne de poursuivre. Il n'est pas question de voler un héritage mais de le préserver ! Nous le devons à Henry, et ce, même si cela implique d'agir durement avec ses héritiers. Notre cause est juste. Je vous le dis, à la fin William comprendra. La pomme n'a pas pu tomber si loin de l'arbre. Du moins, je l'espère ! »

Thomas Gordon-Holles s'approcha de la carafe à whisky et souleva le bouchon en cristal de bohème. L'apothicaire s'inclina et se rapprocha de la porte.

« Bien, alors c'est entendu. Je vous laisse œuvrer pour le bien de tous. Je reste à votre disposition. Votre Grâce…

– Merci, Cesare. Au fait, vous ne deviez pas suivre une piste concernant… hum… » Il ne parvint pas à prononcer le mot assassinat, « la mort d'Henry ?

– J'avance doucement. Mais ? Vous ne croyez plus au hasard ?

– Le hasard a parfois bon dos… Redites-le-moi, Cesare, à part nous, qui peut savoir pour le meurtre ?

– Personne, excepté le meurtrier évidement. D'ailleurs, il ignore que nous avons découvert son acte. Il y a tout lieu de croire qu'il se pense à l'abri dans l'ombre qui lui sert de tanière.

– Prions pour que votre intuition se révèle exacte. »

L'apothicaire le salua et sortit par le vestibule, se demandant ce qui adviendrait si William n'était pas intéressé par cette histoire. Ce serait catastrophique, car les reliques ne devaient pas tomber entre de mauvaises mains. Il ne restait qu'à espérer qu'il fût de la même trempe que son père.

-6-
L'Héritage du père

Château de Blenhum.

Lord Gordon-Holles fit une entrée remarquée, choisissant le moment où William rêvassait et Abraham somnolait. Tous deux sursautèrent, surpris dans leur paresse. Lord Gordon-Holles était vêtu pour la chasse d'un pantalon noir et d'une veste vert olive. Pourtant, tout le monde savait qu'il ne chassait jamais. Le cri des bêtes traquées, le son des cors : non vraiment, cela ressemblait trop à la guerre et la guerre était une chose répugnante. S'il n'était pas le sportif accompli dont rêvait la fine fleur de la royauté, son pas assuré demeurait alerte et nul ne contestait son jugement et ses analyses, y compris sa majesté Georges II. Satisfait, il constata que l'effet recherché était obtenu. Sa tenue surprit William, qui crut qu'il rentrait de la chasse.

« Sir Tadwick, je suis confus de vous avoir fait attendre ! » Puis, regardant Abraham, il dit : « Je vois que vous nous amenez un produit des Amériques ! Mycroft, le majordome, me l'a décrit et j'avoue que la surprise est de taille. Impressionnant !»

Gordon dévisageait le Mohawk. Il le toucha un peu et tâta les muscles comme on jauge un animal. Avant que la situation ne dégénère, William crut opportun de déclarer :

« Votre grâce, c'est un homme libre et il est baptisé. Il se nomme Abraham. C'est mon aide de camp, un de mes sous-officiers les plus efficaces.

– Tiens ? Voilà qui est amusant ! Vous avez trouvé un homme d'Église pour le baptiser ? Certainement un

Français. Ils sont prêts à tout ! Maintenant qu'ils ont cessé de les pourfendre, ils les adoubent ! »

William sourit à l'allusion. Il poursuivit :

« Vous avez raison, votre grâce, les Français sont peu scrupuleux, mais Abraham doit sa reconversion à la Métanoïa des jésuites et à sa mère. Ces ecclésiastiques sont convaincus que le baptême n'est qu'une étape, une voie vers la transformation des païens en néophyte. Ils ont foi en la capacité d'apprendre des autochtones et puis… Abraham n'en est pas vraiment un.

– C'est très intéressant… Vraiment… À propos, appelez-moi Thomas quand nous sommes en aparté. Votre père et moi faisions ainsi. Le protocole devient un peu ennuyeux à la longue. À mon âge, le temps que les présentations soient faites, j'en arrive à oublier mon idée ! »

Lord Gordon-Holles s'arrêta un instant et reprit d'un air compatissant.

« Je vous prie de bien vouloir pardonner mon propos. Je vous parle de convenances à vous qui avez vu les horreurs de la guerre et perdu votre père. Ici, l'Étiquette a plus de poids que la souffrance. »

William acquiesça à la réflexion du lord et répondit franchement :

« Rassurez-vous, je me sens très honoré par votre proposition, Thomas.

– Très bien, très bien… Vous savez, nous sommes flattés que vous ayez pu nous rendre visite dès votre retour. Eleanor mon épouse, garde de vous un souvenir ému. Vous étiez si jeune alors… Pas encore un homme mais déjà bien ombrageux si mon souvenir est exact ! »

William sourit à l'évocation de ce souvenir. Le jeune vicomte commença son numéro de séduction en remerciant le lord de sa confiance. Thomas sourit :

« Tout ça est une affaire d'amitié. Votre père et moi partagions une vision commune et un goût prononcé pour les vieilles choses. J'ai toujours considéré que cela vous reviendrait de droit. J'appréciais beaucoup votre père. Sa disparition soudaine m'a énormément surpris et peiné. »

Il fit une tête étrange, mais se reprit immédiatement. William tiqua sur le dernier mot, et sur l'expression du visage de Thomas. Il chassa cette impression : il fallait qu'il cesse de voir le mal partout. Il se contenta de dire en inclinant le menton :

« Je vous remercie, votre grâce.

– Thomas, voyons. Et cet Abraham ! Le Mohawk chrétien ! À ce propos, drôle de prénom pour un catholique… Guidera-t-il un jour son peuple vers Dieu, à travers le désert ? Si la nécessité presse les Français, il sera peut-être cardinal demain ! Allez savoir ! Puis-je vous demander si les relations que vous entretenez…

– Pardon ?

– C'est pour des raisons d'organisation… »

William répondit aigrement :

« Sachez que nous ne faisons chambre commune que lorsque la situation l'impose. »

Le lord se souvint que William pouvait prendre ombrage de bien des choses… Il s'excusa :

« D'accord… d'accord… Alors c'est parfait… Je vais le préciser aux domestiques. »

Puis reprenant son souffle, il annonça que l'activité sportive de la journée allait débuter. Le temps de donner les indications au personnel et Thomas enfila sa veste. Il précisa à William que son aide de camp pourrait se rendre aux cuisines pour se restaurer s'il le désirait. Le vicomte fit un signe à Abraham qui retira sa veste et se fit accompagner l'air agacé, se sentant traité comme un domestique. William lui fit un geste discret, l'exhortant à la patience.

Dehors, le gravier roulait sous les pieds du jeune vicomte. L'air frais de cette fin d'après-midi lui fit du bien. Le château de Blenhum était impressionnant, presque un peu effrayant, et William ne put s'empêcher de se sentir mal à l'aise. Il avait sans doute perdu l'habitude de la civilisation. Tandis qu'ils s'éloignaient du porche, le lord interrogea William :

« Quelles nouvelles nous ramenez-vous des Amériques ?

– Elles ne sont pas très bonnes, je le crains. La guerre couve. Anglais, Français, Espagnols, Indiens, tout le monde se cherche des noises.

– Il se peut que vous ayez raison, la situation est extrêmement tendue. Pour ma part, j'espère que la diplomatie pourra épargner le sang anglais. La guerre est une entreprise hasardeuse et extrêmement coûteuse. Mais parlons de vous, j'ai ouï dire que vous vous étiez illustré dans nos possessions. Vos supérieurs vous louent tout un tas de qualités, en particulier votre colonel. Comment s'appelle-t-il déjà… » William acheva la phrase du lord :

« Le colonel Fairly est un homme que j'apprécie particulièrement. Pour tout vous avouer, je pense que son enthousiasme amplifie un peu la réalité.

– Vraiment ! Savez-vous qu'il ne jure que par vous ? Il vous a décrit comme un remarquable diplomate, en particulier avec les indigènes. Certaines tribus vous considèrent même comme l'un des leurs… Comment est-ce possible ? »

William répondit :

« Je n'ai pas le talent de diplomate que l'on me prête. Mes aptitudes se résument à ne pas tirer tout suite. Voilà tout. Je crois que je comprends un peu les Indiens, ils acceptent facilement de mourir pour un but rapide et saisissable. Endurer des souffrances pour une victoire plus lointaine est une valeur encore hors de leur portée. C'est ce que nous appelons la politique ! La patience et la ténacité… cela reste l'apanage de l'armée de notre bon roi Georges. Pour gagner une guerre contre eux et les Français, la valeur de nos hommes ne sera pas suffisante… Il nous faudra un pays derrière nous.

– L'argent… Il en a toujours été ainsi. Mais l'avenir est là-bas, dans le Nouveau Monde. Les Français, comme nous, l'ont compris. »

Tandis qu'il écoutait parler Thomas, William admirait les immenses jardins qui l'entouraient. Le château de pierre grise trônait dans le parc comme un vieux monarque. Il était plus facile de parler de guerre quand elle se déclarerait à l'autre bout du monde que dans son jardin.

Lord Gordon-Holles faisait les présentations : ici des buis centenaires, par là des palmiers sous une serre gigantesque, enfin un lilas des Indes qu'Henry Tadwick lui avait ramené d'une expédition. Un peu plus loin, on commençait à apercevoir le lac et son île, créés de toute pièce. Satisfait du regard de William, Thomas reprit :

« J'ai toujours aimé ce château. Au début il ne ressemblait pas à cela. Il m'a fallu du temps. Depuis je cherche cet idéal. Vous devriez aussi en avoir un. Cet arbre, par exemple est un acacia qui vient d'Égypte. Je suis parvenu à le faire grandir dans cette contrée pourtant inadaptée à sa croissance… »

William songea que son idéal consistait en un bon repas et un lit joliment garni. Il garda pour lui ses réflexions mais le lord lui dit en souriant :

« J'ai été jeune aussi ! En vieillissant, on a d'autres aspirations… On cherche un sens aux choses, une quête qui ne serait pas vaine… »

William fut surpris du ton rêveur du lord. Thomas poursuivit :

« … Mais ça c'était avant. Car votre père, Henry, m'a fait un don incroyable. Il m'a donné de quoi faire passer les affaires de l'état au rang de babioles de pacotille ! »

William marqua le plus grand étonnement et stoppa le pas. Les deux interlocuteurs se faisaient maintenant face. Lord Gordon-Holles reprit avec emphase :

« Henry et moi étions passionnés d'Histoire. De celle que les livres ne racontent pas… l'Histoire interdite, en quelque sorte.

– Je savais mon père érudit, mais je le voyais plus passionné de linguistique…

– Et comment voulez-vous comprendre l'ordre des choses s'il vous faut un traducteur pour chaque livre ? Ses connaissances lui servaient d'outil de travail. Il excellait dans les langages rares et anciens. Seul celui qui comprend peut garder en son esprit le sens premier et donc changer son point de vue en fonction de ses nouvelles découvertes. Allons avançons un peu, je vous prie, voyez mon île ! Elle se dégage doucement de la végétation. »

William admira ce lac grandiose et un frisson désagréable lui fit secouer les épaules. Le lac avait l'air presque noir à cet instant, noir et vide. Une pointe de regret le saisit quand il se rappela une de ses escapades au Nouveau Monde. Au fond d'une forêt de feuilles or et rouges, il avait rencontré les grands lacs. Des lacs aussi grands que l'océan. Il paraît que quelquefois, des tempêtes aussi violentes que celles de la mer les animent, avant de se retourner à leur silence immobile. Il se souvenait qu'à l'automne, les lacs du Nouveau Monde disparaissaient complètement sous le reflet des arbres pourpres. Cela donnait une sensation de vertige. Pris au milieu de cette lumière, on pouvait à peine distinguer la fin du lac du début de la forêt. On perdait le sens de la verticalité et on ne savait plus si on avait la tête à l'endroit ou à l'envers. Cela procurait un sentiment de liberté immense. Qu'il était loin de cela, aujourd'hui… La voix de Thomas le ramena en Angleterre, sous son ciel obscur.

« Pour tout dire, votre père et moi étions passionnés par les premiers explorateurs des Amériques. Il est pour nous établi que d'autres que les Espagnols connaissaient le Nouveau Monde. Des hommes très aventureux… »

Les gestes du lord s'étaient animés et William sentit la passion poindre sous les dehors austères. Le regard pétillant, lord Gordon-Holles poursuivit :

« Un livre nous a en particulier éblouis. Un livre espagnol justement… Votre père a mis la main sur les mémoires de Bartolomeo de Diaz, le second du capitaine Hernan Cortés, dans sa version originale. Ce livre, nous le pensions disparu à tout jamais dans les autodafés de l'inquisition. Il y décrit des rites et des usages indigènes de la nouvelle Espagne. Cela nous a permis d'établir des hypothèses de recherches. »

Lord Gordon-Holles s'arrêta brusquement, la voix rendue chevrotante par l'émotion. Il regarda William et reprit d'un air doux :

« Votre père était un homme formidable, j'ai eu de la chance de le rencontrer.

– Merci pour ces mots Thomas, ils me font du bien… Ceci étant, je découvre l'homme que vous me décrivez. »

Lord Gordon-Holles devint d'un coup tout à fait silencieux, tiraillé par l'envie de tout expliquer au fils de son ami, tout en se demandant s'il n'allait pas le jeter dans la gueule du loup un peu trop vite… Il devait commencer dans l'ordre.

« Cesare Fanelli m'a souligné que votre père n'avait pas laissé de testament ? C'est une chose étrange, ne trouvez-vous pas ?

– Effectivement, nous en avons été surpris. Ma mère surtout, d'autant qu'il l'avait évoqué avec elle. Il était amoureux des détails, mais après… qu'aurait-il eu à écrire ? Les affaires étaient en ordre et mon père n'était pas d'un sentimentalisme exacerbé. Alors cela ne m'a pas complètement étonné. Peut-être s'est-il ravisé et a brûlé le testament dans la cheminée, comme le pense mère… Il y avait des traces de papier dans le foyer. Peut-être… Il est vrai que les lettres posthumes sont quelquefois d'énormes fardeaux pour les vivants.

– Votre analyse est aussi possible que poétique. Nous la garderons comme réponse. »

Alors qu'il contemplait la façade du château de la famille Gordon-Holles, le regard de William se posa sur Thomas. Son aspect grand et élancé, son nez anglais, son regard rêveur mais qui ne perdait rien de ce qu'il voyait… Oui, celui-ci semblait plus rusé que ce qu'il laissait penser de prime abord. Henry Tadwick et Thomas Gordon-Holles avaient toujours été très liés mais William ne s'était jamais senti concerné. L'amitié ne se transmettait pas en héritage. Pourtant le destin lui tendait une main presque royale. S'il voulait garder les possessions familiales, il lui faudrait bien faire des affaires et Thomas représentait un magnifique faiseur de marchés.

Du reste, lord Gordon-Holles lui proposa de rester quelque temps ; il avait besoin de conseils militaires.

William accepta avec le sourire. Il avait gardé un excellent souvenir de ses séjours à Blenhum. Le lord prit un air malicieux :

« Les souvenirs… Quand la mémoire part chercher du bois, elle ramène le fagot qui lui plaît ! »

William s'inclina :

« Votre invitation me fait un immense plaisir. Par ailleurs, je vous prie de bien m'excuser par avance les entorses aux protocoles que je pourrais commettre. Je suis devenu assez rustique après quatre ans d'Amériques !

– C'est entendu ! J'ai proposé de loger votre « aide de camp » dans les appartements de l'aile est. Ils sont connexes à ceux des domestiques mais de bonne facture. Quant à votre soi-disant rusticité, n'ayez crainte, le château en a vu d'autres et je ne crois pas qu'une fracture protocolaire soit de nature à l'ébranler ! »

Mais William s'était mis à penser à Abraham. Il faudrait veiller à ce qu'il soit occupé, sinon on prenait le risque qu'il choisisse lui-même ses distractions…

Pendant ce temps dans les cuisines du château, Abraham goûtait autant la cuisine que les cuisinières. Afin d'attirer l'attention des plus espiègles, il avait retroussé ses manches pour faire apparaître ses tatouages tribaux. Son impressionnante musculature attirait la curiosité des femmes. Ça n'est pas tous les jours qu'on croisait un homme pareil.

Abraham n'avait jamais eu qu'une seule façon de faire ; il se faisait remarquer. Campé dans son rôle, il s'amusait à jouer les candides. C'était extrêmement divertissant. Il se mit à goûter dans tous les plats avec un égal bonheur, s'émerveillant des mets raffinés et des sauces. En une heure, il était devenu le roi de la cuisine, le centre de toutes les conversations. Ignorant qu'il parlait leur langue, les cuisinières lançaient des remarques de plus en plus déplacées. Abraham ne bronchait pas et souriait.

L'arrivée de Mycroft mit fin à cette heureuse pagaille. Les cuisinières regagnèrent leurs fourneaux et le silence régna à nouveau. Pour tester son emprise, Abraham se moqua un peu du majordome en faisant une moue pour l'imiter et toute la cuisine ricana de bon cœur.

La plaisanterie ne fut pas du goût de Mycroft. Profondément humilié, il se jura de se venger de l'affront. Il regarda d'un air menaçant les cuisinières qui s'éparpillèrent.

L'attitude de l'Indien commençait sérieusement à lui taper sur les nerfs. Atterré, il voulut plusieurs fois faire sonner la garde, mais il craignait la réaction du lord, car l'aide de camps du vicomte Tadwick était considéré comme un invité…

Désemparé, il pensa qu'il fallait limiter les pots cassés. Cette situation ne pouvait pas durer, car il savait le désordre encore plus contagieux que la peste. Il lui faudrait agir rapidement et ne pas importuner lord Gordon-Holles avec ces questions subalternes. L'éducation et le raisonnement étaient tout de même supérieurs à la bêtise, fut-elle grande et forte. Rouge de colère, il partit chercher une issue… à cette impasse.

7

Gîte et couvert

Blenhum, château de lord Gordon-Holles

Comme promis par Thomas, Abraham était logé dans les chambres réservées aux invités de la bourgeoisie et aux dignitaires, au grand dam de Mycroft qui ne comprenait pas qu'on considère comme un invité à part entière, une moitié d'être humain. Les écuries semblaient pourtant bien plus appropriées. Quelques instants plus tard, Abraham débarquait dans une chambre dont le prix dépassait de loin la décence. Comble du déshonneur, Mycroft, lui, ne pourrait certainement jamais y dormir, son statut de majordome lui condamnant l'accès à jamais. La colère et l'injustice continuaient de lui nouer les tripes.

Abraham se coucha sur le lit, les yeux encore brillants d'un excellent nectar français.

C'est à ce moment que son ami fit son entrée. Son air agacé amusa Abraham, toujours vautré sur le lit. Ses bottes dépassaient largement et on pouvait sérieusement se demander s'il tiendrait un jour dans un seul d'entre eux. William était en tenue de soirée. Le valet de chambre était venu le préparer quelques instants auparavant et son apparence contrastait avec celle du géant qui sentait le vin. Cela inquiéta un peu William car Abraham pouvait se montrer susceptible si on le contrariait. Demeurer à Blenhum plusieurs jours représentait justement de quoi l'agacer. Ne sachant comme aborder le sujet, il se mit à faire les cent pas. Abraham se leva de son imposante masse et prit les devants.

« Qu'est-ce qui t'arrive ? On dirait que tu viens d'avaler une grenouille ! »

William ressentit un peu de gêne. Il anticipait la réaction d'Abraham et ne se sentait pas d'humeur à ergoter. Il finit par dire d'une voix ferme :

« Lord Gordon-Holles m'a demandé de l'aide pour une affaire… »

Abraham fit un geste de dénégation et laissa retomber ses bras bruyamment.

« Je me doutais bien qu'il avait besoin de nous ! Sinon je serais déjà dans l'écurie ! Aider à faire quoi ?

– Je l'ignore… Il m'a parlé d'une préparation d'un projet d'expédition en cours avec mon père.

– Une expédition ? Mince, encore des bateaux et des fusils…

– Non, non, pas ce genre de service. Je crois qu'il a uniquement besoin de conseils…

– De conseils ? Il a toute l'Angleterre à sa botte et il a besoin de toi pour ça ?

– Je te remercie de ta confiance en mes capacités ! »

William se sentit vexé. Pourtant au fond de lui, il sentait qu'Abraham avait raison, c'est d'ailleurs cela qui le mit de mauvaise humeur.

« Tu ignores quel homme est Thomas. Sa position ne doit rien au hasard. Sa famille a été de toutes les guerres et son courage n'est plus à démontrer. Il est reconnu comme un des chefs de la nation, et le mien !

– Vraiment ? Et il a fait la guerre, ton lord ? Je les connais ces loustics. Il veut quelque chose ton Thomas… Ils veulent toujours quelque chose ! Tu le sais aussi bien que moi. Et généralement, ça sent la poudre et le sang.

– Tu as beau faire des manières et t'emporter, je ne vais pas t'apprendre que je suis coincé ! Pour l'heure, l'homme me plaît. Il est plutôt intéressant et d'ailleurs, je compte bien t'associer à la démarche.

– M'associer à la démarche ? Quel honneur ! Ne rêve pas William, je reste un sauvage pour ces gens-là. Déjà beau que je dorme dans un lit !

– Tu vois le mal partout ! Pour l'instant il n'est question de rien d'autre que d'échanger devant des cartes et si tu préfères rester à bougonner dans ton coin alors très bien, mais ne viens pas te plaindre. Par-delà mes obligations, la façon dont il parle de mon père m'interpelle. J'ai l'impression qu'il me décrit un autre homme et cela me laisse une sensation désagréable. Mon père n'a jamais quitté sa province et il est question d'une expédition. Je sens que Thomas me cache, ou plutôt qu'il hésite à me dire des choses sur mon père. J'ai l'impression qu'il veut que je les cherche, que je creuse. Comme s'il avait peur de me pousser dans le vide et qu'il voulait que j'y saute de mon propre chef…

– Alors là… Il a tout juste !

– Comment…

– Je ne t'ai jamais vu refuser des ennuis ! »

William sourit malgré lui et Abraham fit une moue déconvenue, avant de rire. Les deux amis conclurent de se laisser un peu de temps. Abraham qui aimait la cuisine et sa chambre accepta de rester. L'affaire était entendue.

8

Vous avez sonné ?

Château de Blenhum

À la nuit tombée, le château était resplendissant. Ses plafonds majestueux, son escalier de pierre et de fer qui n'en finissait pas, les lumières scintillantes des lustres, les odeurs de mets délicats, le faisaient ressembler à une belle femme parée pour le bal. L'œil intransigeant de Mycroft, qui d'ordinaire guettait tout mouvement, était occupé à d'autres pensées. Une question le taraudait. D'ordinaire lord Gordon-Holles était intouchable. Pour lui parler ne serait-ce que quelques minutes, il fallait s'y prendre des mois à l'avance. Pourtant, il passait son temps avec un vicomte de rien... Cette maison commençait à tourner à l'envers. Il pensa à madame et se mit à prier. Vivement que la duchesse rentre. Elle saurait remettre de l'ordre !

À ce moment, la cloche d'appel des domestiques retentit. À moitié perdu dans ses pensées, il eut un soubresaut. Lord Gordon devait avoir une mission urgente pour le faire mander en plein service. Il se rua à l'assaut des étages et prit à peine le temps de reprendre son souffle. Il entra, l'air sérieux, dans la bibliothèque et avec toute la distinction inhérente à sa fonction, déclara :

« Monsieur m'a demandé ? »

Thomas Gordon-Holles était en pleine explication devant une carte et ses gesticulations ne laissaient aucun doute sur son excitation. En face de la grande table, William répondait sur ses voyages ou les informations glanées aux contacts de voyageurs. L'entrée de Mycroft coupa net leur conversation et Thomas leva le nez de son livre, plus énergique que jamais :

« Enfin Mycroft ! Je suis occupé ! Quoi que ce soit, débrouillez-vous-en ! Où en étions-nous ? Je déteste que l'on me dérange pour des futilités domestiques ! »

Mycroft rougit et, toute honte bue, murmura comme pour ne pas se faire entendre…

« Certainement, votre grâce, mille excuses, votre grâce… »

Il ne comprenait rien. Il crut un instant qu'il avait rêvé. Alors qu'il sortait à reculons pour se faire le plus discret possible, son regard s'attarda sur un recoin dans l'obscurité. Il scruta une forme qui lui semblait bouger, et s'approcha doucement… Sortant de l'ombre et y retournant, Abraham se balançait sur son fauteuil, paresseusement. Le gigantesque Indien triturait un objet, qui disparaissait entre ses doigts. La botte de cuir posée sur une table avait l'air de ne pas finir tandis que l'autre poussait en rythme.

Dans la lumière vacillante des chandeliers, il surprit le regard d'Abraham qui luisait de malice. Mycroft dédaigneux, ne répondit pas à la provocation. Mais quelque chose le turlupinait. L'Indien qui se balançait nonchalamment sur sa chaise, jouait avec quelque chose… Le majordome voulait saisir ce que c'était, mais le passage de l'ombre à la lumière était trop rapide pour l'apercevoir. Il dénombra les pas qui le séparaient de sa cible et décida de s'en approcher un peu, l'air de rien. Ses immenses jambes impressionnaient le majordome. Ce dernier jugea rapidement qu'il était assez près et stoppa. Surgissant de la lumière, il vit nettement dans les mains du géant, le pompon de la sonnette.

C'était donc ça ! Il ne s'agissait pas d'un accident, mais bel et bien d'une provocation ! Abraham lui adressa un sourire hautain en guise de déclaration de guerre.

À présent, le majordome anglais le fusillait des yeux, la haine débordant de tout son être. Blessé dans son amour propre, l'honneur lui dictait d'intervenir. Un aller-retour à la salle d'armes ne prendrait que quelques instants ! Lord Gordon-Holles interrompit ses rêves de vengeance :

« Eh bien Mycroft, vous êtes-vous perdu ? Je vous trouve bien étrange ce soir… »

Mycroft se mit au garde à vous et répondit de manière saccadée.

« Je vous prie de me pardonner, votre grâce… Un contre-temps. Mais rien de très fâcheux, rien que je ne puisse régler rapidement…

– Parfait… parfait… faites… »

Il se promit d'agir dès que possible. Demain, il demanderait un congé pour se rendre en ville obtenir de quoi calmer cet énergumène.

Vite lassé de cet intermède récréatif, Abraham continuait de se balancer sur sa chaise en faisant semblant de lire. Terrassé d'ennui, il se leva et se dirigea vers la cheminée. Il hésita à rejoindre William afin de prendre une part active à la discussion mais par esprit de vengeance, il préféra taire ses compétences. Il scruta les tables à la recherche d'un alcool pour faire passer le temps et il songea à retourner en cuisine. La certitude que le repas ne tarderait pas lui fit prendre son mal en patience. Toujours inquiet des engagements de William, il dressa l'oreille et tenta de comprendre de quoi il retournait.

Le vicomte et le lord débattaient devant des cartes, la lumière des lampes à huile éclairant la table de la bibliothèque, transformée en bureau pour l'occasion. À ses côtés, William ne comprenait pas tout. Il tâchait de répondre aux questions du lord avec sagacité, mais l'essentiel lui manquait. Thomas ne cessait de pester de ne pas trouver les documents qu'il recherchait. Il proposa donc de poursuivre la discussion dans son bureau privé, endroit plus propice à l'évocation de ses marottes et, bien mieux achalandé. William leva la tête et s'aperçut qu'Abraham était bien plus proche qu'il ne l'avait supposé. Le curieux surveillait tout. Après un échange de regards que le géant fit semblant de ne pas saisir, les trois hommes se dirigèrent vers le bureau de Thomas.

Parvenus devant la porte, lord Gordon-Holles sortit de sa manche une clef qui semblait très ancienne, expliquant qu'elle était dans sa famille depuis toujours. Il la montra avec fierté, comme on présente un talisman. « Il s'agit de la clef du coffre dans lequel était entreposées toutes les richesses de mes aïeux. Vous imaginez ? Un coffre pour seule fortune. La volonté se hisse par-dessus tous les obstacles ! »

Il se plaça devant la porte, enfonça la clé dans la serrure et la fit tourner. Un joli cliquetis métallique retentit, signe que le mécanisme autorisait le passage.

« Notre serrurier a aimablement consenti à modeler une serrure adaptée à la clef. Nos richesses ne tiennent plus dans un coffre, mais j'ai tenu à garder le symbole. Je l'ai fait installer sur la porte de mon bureau ! » Il poussa la lourde porte.

Le cabinet de travail de Thomas était étrangement conventionnel et d'une taille modeste au vu des autres pièces du château. Les bibliothèques débordaient de livres et de cartes, il y avait également plusieurs globes terrestres. Le cuir des fauteuils et le bois sombre ciré parfumaient la pièce qui sentait aussi le tabac et le vieux papier.

William fut ébahi de constater qu'un seul homme pouvait avoir accès à tant d'informations. Des relevés hydrométriques de journaux de bord, des traités d'ethnologie... Bref une somme de données colossale. Soudain, un livre posé en évidence attira son regard. Il était magnifique, relié de cuir marron avec des gravures espagnoles... Bartolomeo Diaz... Lord Gordon-Holles l'avait mentionné lors de la promenade... La vue de ce livre lui fit un choc. Il aurait juré que son père possédait le même. Il se permit de le toucher et de l'ouvrir. Thomas lui dit gentiment :

« C'est celui de votre père. Il me l'avait confié avant de... Mais prenez-le, je vous prie. »

William, tout à sa curiosité, n'écoutait plus. Il prit le livre en mains avec précaution. Il avait l'impression de pénétrer un peu l'intimité de son père. Le livre foisonnait d'indications manuscrites, il reconnut immédiatement l'écriture d'Henry. Son émotion prit le dessus et il vécut un de ces instants hors du temps. Il songea à la mort de son père, aux années qui passent et aux regrets... La nostalgie l'envahit. Thomas le sentit et se mit en retrait.

Abraham, toujours aussi pragmatique, avait de son côté, repéré un fauteuil à sa mesure. Il était parfait, profond et confortable mais surtout proche d'une table sur laquelle une appétissante carafe de whisky trônait. Il s'installa et s'octroya la permission de le goûter... Assis, un verre à la main, il guettait tout le monde du coin de l'œil en se faisant oublier.

Quand William reprit ses esprits, son premier réflexe fut inquisiteur. Savoir qu'un livre de son père était dans les mains de Thomas lui déplaisait. Comme des objets sacrés, il chérissait maintenant tout ce qui avait trait à son père. Lord Gordon-Holles, surpris du regard peu amène de William, déclara pour s'amender :

« Il vous appartient à présent. Henry me le prêtait

à l'occasion. Je vous demanderai juste de bien vouloir faire de même de temps en temps…»

William se détendit. Le récupérer maintenant, sans raison, aurait l'air mesquin. Il se contenta d'opiner et reposa le livre à regret.

« Puis-je vous demander sur quoi vous travailliez avec mon père, précisément ?

– Oh… Vous savez, c'est déjà difficile pour moi d'être concis en temps normal, mais sur un tel sujet j'ai bien peur que cela me soit impossible. Comme je vous l'ai dit nous étions férus d'histoire. Un de nos rêves était, l'origine d'une sorte d'artefact.

– Mon père cherchait un objet magique ? »

William essayait de contenir sa surprise mais tout dans son attitude dénotait le contraire.

« Oui, en quelque sorte… Ne vous formalisez pas et si vous me trouvez évasif, je vous assure que je meurs d'envie de tout vous expliquer. Seulement c'est long. Pourriez-vous attendre demain dans la soirée, le temps que je puisse réunir les éléments ?

– Avec la plus grande impatience… Mais je suis très surpris. J'ai l'impression de découvrir mon père.

– Tous les hommes ont des secrets, mais peu savent les garder. »

Il contrôla son envie de tout lui raconter en bloc, de peur de le faire fuir. Demain, ils feraient ensemble un pas de plus dans la bonne direction. Une découverte gênante pouvait réduire à néant la confiance et ses tentatives de contrôle du discours à tenir. Mais William remarqua une liasse de correspondance. Certaines lettres étaient sorties et il reconnut le sceau des Tadwick. Les lettres étaient signées de la main de son père. Lorsque lord Gordon s'en aperçut, il les dissimula sous des dossiers et commença à ranger son bureau de manière énergique, en s'excusant du désordre.

Assez maladroitement, Thomas remisa tous les documents dans un tiroir de son bureau. Emporté par sa passion, il n'avait pas pris la peine de préparer son coup et maintenant il le regrettait. Il était urgent de se replier avant que son attitude ne semble étrange. Il tenta une piètre diversion et proposa de passer à table.

Le vicomte n'avait pas le choix. Il obtempéra, sans montrer de signe d'agacement ou de curiosité. L'attitude du lord était si cavalière qu'aucun des deux amis ne sut l'interpréter.

Plus pragmatique, Abraham se dit qu'aller manger était la meilleure décision de la soirée.

9

Les Murs ont-ils des oreilles ?

Château de Blenhum

Le dîner fut réduit à l'essentiel et Abraham dut guetter les quelques restes pour se rassasier. Peu après le repas, lord Gordon-Holles les quitta. Une journée bien remplie l'attendait à l'aube. Il laissa donc ses invités retrouver la bibliothèque qu'ils avaient quittée un peu plus tôt dans la soirée.

Installés devant la chaleur de la cheminée, les fauteuils se faisaient presque face. Les ombres dansaient au rythme de la combustion des bûches sur les boiseries. Ils burent en silence, chacun réfléchissant. La situation avait quelque chose d'étrange, mais ils n'en percevaient pas la cause. Comme si quelqu'un tissait une toile et attendait qu'ils viennent s'y faire prendre. Dans le crépitement du feu de cheminée, les bruits du château se faisaient plus présents. Le vent sifflait aux oreilles et les courants d'air mordaient un peu plus la peau quand on s'éloignait du foyer. La solitude les entourait. William regarda son ami et lui lança :

« Tu as suivi la discussion ?

– Oui, vous parliez d'une expédition, mais je n'en ai compris ni le but, ni la destination…

– Il me parle des routes de la Nouvelle Espagne, mais ce n'est pas cela que je trouve étrange… Tu as remarqué la façon qu'il a eu de ranger les lettres ? Je me demande s'il ne voulait pas les cacher…

– J'ai eu la même sensation… »

William s'enfonça dans son fauteuil et serra ses mains devant son visage. Abraham lui dit :

« Tu crois qu'il te dissimule quelque chose ? Ça ne me paraît pas très logique, pourquoi le ferait-il ? Après tout c'est lui qui a pris l'initiative de cette discussion, rien ne l'y obligeait… Tu es vraiment sûr que ton père ne t'a rien laissé ?

– Non, rien de rien, je te dis. Toutes ses affaires étaient en ordre.

– Tu aurais dû fouiller son bureau. Vous êtes du genre à avoir des tiroirs secrets dans la famille ! »

Abraham savait que William, avec son goût du mystère, cachait énormément de choses. Sa malle, par exemple, possédait trois cachettes. Il y rangeait ses effets personnels à l'intérieur. Les vols étaient fréquents et on ne pouvait pas constamment surveiller ses bagages. Dès lors, il fallait dissimuler les objets auxquels on tenait.

Les craquements du château se firent brusquement plus bruyants. Par réflexe, William fit un geste à Abraham. L'adrénaline monta. Depuis longtemps, ils avaient pris l'habitude de communiquer en silence. Le geste de William surprit Abraham. Il signifiait : « Nous sommes écoutés ! » Il se retourna doucement et scruta l'obscurité, mais il ne vit rien. Abraham haussa les épaules. À La lumière de la cheminée, l'Anglais désigna les murs et fit un signe voulant dire : « Pas si sûr ». Abraham comprit et hocha la tête. En silence, ils écoutèrent les bruits de la bibliothèque, mais ils n'entendirent plus rien de suspect.

Abraham se détendit, et William se demanda si effectivement cette histoire ne commençait pas à lui jouer des tours. Il sentait que le château, à l'instar de Thomas, dissimulait de sombres secrets. Mais son esprit incisif n'avait pas perdu de temps. De toute la discussion avec Abraham, il n'avait retenu qu'une seule chose : celle de fouiller un bureau… Mais pas celui de son père.

-10-
Gentleman cambrioleur

Château de Blenhum

La nuit était parfaite pour ce type d'opération. La lune claire et le ciel étoilé lui serviraient de guide. Le château n'était occupé que par quelques gardes. Si la curiosité et sa soif d'adrénaline le poussaient, il hésitait encore un peu : qu'arriverait-il en cas d'échec ? Il risquait sa réputation et son avenir... Il posa sur la situation son regard vert de reptile. Il n'échouerait pas, voilà tout ! Sur cette pensée positive, il se leva et retira un petit trousseau en tissu caché dans sa malle. Il refit dans son esprit le trajet qui le séparait du bureau. Les hommes de garde étaient tous postés aux entrées et peu rôdaient dans les longs couloirs. Il se représenta la porte du bureau et sa serrure. C'était une serrure toute simple, il n'y aurait donc normalement pas de difficultés à pénétrer mais lord Gordon-Holles avait masqué un mouvement. Peut-être un levier caché... Il écouta, un moment, les bruits environnants. Le silence régnait. Il mit ses chaussures autour de son cou et pieds nus, entrouvrit sa porte. Personne. Si les informations étaient dans le bureau du lord, alors il les débusquerait !

Il parcourut le chemin qui le séparait du bureau. Son corps souple, rompu à ce type d'exercices, lui permit de se déplacer rapidement sans faire de bruit. Peut-être que s'il lui avait simplement demandé, Thomas lui aurait donné la clef. Mais attendre une permission n'était pas dans les habitudes de William. Quand il désirait quelque chose très fort, il se servait.

Parvenu devant la porte du bureau, il s'étonna

presque que cela fût un jeu d'enfant. Les choses allaient peut-être se compliquer maintenant. Il inspecta la porte à la recherche d'un levier caché. D'ordinaire, il y en avait un. Jamais un serrurier n'aurait fabriqué un objet pour un lord sans montrer de tous ses talents. Il tâtonna donc hâtivement sur toutes les grosses pièces métalliques de la porte. Il trouva le premier ; il s'agissait d'un petit loquet sous la poignée. Quelques instants plus tard, il trouva le second : une fausse tête de clou. Bel ouvrage, car ils étaient placés de manière à être cachés par le corps de celui qui ouvrait la porte.

Il sortit ses outils de son trousseau puis commença à crocheter la grosse serrure. Assez rapidement, il discerna un clic, signe que le premier obstacle était passé. Il s'attaqua aux suivants avec une égale dextérité. Peu après, il actionna le levier et pressa le clou. La porte s'ouvrit. William se faufila à l'intérieur et referma discrètement la lourde porte, satisfait de lui-même. Il sursauta pourtant en se retrouvant nez à nez avec un tableau que la lune éclairait. Il représentait un homme qui trônait entre deux colonnes antiques et, en croisant le regard du personnage, il se sentit jugé. Il secoua la tête, ce n'était pas le moment de se déconcentrer.

Il se rua sur le bureau et commença par chercher les lettres cachées par Thomas, celles avec le sceau des Tadwick. Il se souvenait avec précision où elles étaient dissimulées. Ses yeux se portèrent sur le tiroir massif du bureau et il l'ouvrit. Le dossier était là. Il s'installa confortablement dans le fauteuil près des fenêtres afin de profiter des lueurs astrales, et débuta sa lecture.

Les écrits possédaient la particularité de permettre à leur auteur d'accéder à l'immortalité de leur pensée. La voix d'Henry résonnait dans son esprit. Elle était si claire et si limpide, que William se laissa envahir par cette sensation étrange et crut un instant que son père lui faisait la lecture au-dessus de son épaule. Peu après, la curiosité reprit le dessus et il se mit à lire en diagonale afin de dénicher des réponses à ses interrogations. Elles tardaient à arriver.

Comme souvent, la solution n'arriva que par bribes. De non-dits en allusions, les feuillets rejoignaient la pochette les uns après les autres. William remontait le temps, patiemment, jusqu'à ce que le mot ne finisse par apparaître : « Ces reliques sont le trésor ancestral des Tadwick… » William était stupéfait. Des reliques dans sa famille ? Il n'en avait jamais entendu parler, ni de près ni de loin. La surprise le laissa pantois. Pourquoi tant de mystères pour de la chair séchée sur un os ? Son père n'était pourtant ni dévot ni adorateur de colifichets et dans l'ensemble, sa famille n'était pas une grande adepte de symbolisme, surtout quand celui-ci s'éloignait des voies du seigneur. William savait que si les reliques étaient précieuses, il y en avait de nombreuses. Leur prix et leur rareté étaient donc relatifs. Autant de mystères, cela dépassait l'entendement. À moins qu'elles n'eussent été volées… Il s'amusa de la pensée de son père s'accaparant un objet de façon malhonnête. C'était impossible… Puis il murmura : « Mais bon sang d'où proviennent-elles ? »

Déçu de l'ampleur du secret, il s'apprêta à repartir. Tout ça, c'était des simagrées de nobles en quête de sensations. L'agacement avait pris le pas sur la nostalgie. William n'aimait pas perdre son temps. Surtout quand il risquait sa réputation.

Avant d'envisager un repli stratégique, il avisa un tiroir qu'il n'avait pas vu avant. Afin de ne pas se faire prendre par le temps, il vérifia la hauteur de la lune. Dehors, tout était calme, les soldats engourdis luttaient contre l'endormissement.

William retourna à son affaire et trouva des missives du Vatican, des papiers, des cartes des notations et la correspondance d'un certain Cesare Fanelli. Ce nom résonna comme un vieux souvenir. C'était un ami de son père, Thomas l'avait même cité lors de la promenade dans les jardins. Cesare Fanelli l'apothicaire... Il se souvenait de l'homme au costume sombre qui impressionnait les paysans avec son accent et ses manières. Comme un enfant devant un cadeau, il ouvrit le dossier d'une main avide. Il commença par vérifier son classement. Le premier obstacle était de taille ! Une centaine de feuillets l'attendait.

La correspondance de Cesare Fanelli était ennuyeuse. Elle traitait des reliques. Encore et encore ! Une somme de détails techniques était mentionnée, des dates, des enquêtes, des croquis, des correspondances avec des membres de l'Église. William parcourait en diagonale les textes minutieux, presque scientifiques. Il découvrit ainsi que Cesare Fanelli était « expert » en reliques avec tout ce que cela pouvait avoir d'officiel.

La lumière de la lune commençait à baisser mais, accaparé par sa lecture, William n'y prenait pas garde. Comme un lecteur trop curieux, ses yeux agiles dévoraient le texte, allant à l'essentiel. Décidément, autant de papiers pour quelques os, quelque chose devait lui échapper. Les lettres fusaient sous ses doigts. Soudain, la vue de l'une d'elle lui glaça le sang. Il s'agissait d'un courrier sur la mort de son père. L'apothicaire détaillait avec force détails le corps sans vie d'Henry Tadwick. Le courrier indiquait comme cause du décès : « un possible étouffement avec une suspicion d'étranglement. » Le dégoût le saisit et il laissa le papier tomber au sol. Pénétrer l'intimité de son père était une chose mais profaner sa mort en était une autre. Il resta un instant à se demander quoi faire, puis luttant contre l'écœurement, il poursuivit la lecture.

Ses épaules s'affaissèrent. Son père avait été assassiné ! Et personne n'avait rien dit ! Mais pour quelle raison ? Pourquoi Thomas lui avait-il caché cela ? Il se sentit trahi, berné et ne comprenait pas pourquoi on avait gardé cette information secrète. Assassiné... Le mot était lâché et lui donna la nausée. Il se sentit sali par l'idée même. Lui qui avait connu la guerre et ses cadavres n'aurait jamais cru se sentir ainsi souillé dans son âme. Prendre la vie de quelqu'un de cette manière n'était pas digne d'un homme. Soudain William pensa à sa mère, ignorante de la situation. Elle courait peut-être un danger ! Son sang se glaça. La lumière de la lune finit par disparaître derrière les nuages et l'obscurité répandit ses ténèbres. Ce soir, dans le bureau cossu d'un lord anglais, sans qu'il s'en aperçoive, la colère avait fait son retour. Pour autant, à partir de ce soir, il ne dormirait plus sur ses deux oreilles car un assassin courait en liberté. Un meurtrier de Tadwick. Il chercha des réponses dans le reste des courriers mais ne trouva rien. La traque continuerait plus tard, il était temps de disparaître.

Reprenant ses réflexes, il agit par automatisme et en un instant les documents reprirent leur position. Le travail accompli, il releva la tête et veilla à faire disparaître toutes les traces de son passage. Tout était en ordre. Il souffla et les nerfs tendus comme la corde d'un arc, il sortit en prenant soin de refermer la porte à clé.

Encore sous le choc, William se déplaça dans les couloirs, l'esprit préoccupé par ce qu'il venait d'apprendre. Il faillit se faire surprendre par une patrouille et ne dut son salut qu'à la chance de trouver une cachette in extremis. Il pesta intérieurement. Ce n'était pas le moment de se faire pincer… Il redoubla d'attentions et put regagner sa chambre sans encombre. Il déposa sa veste sur un siège, remit du bois dans la cheminée avant de se coucher tout habillé sur son lit.

La mort de son père tournait en rond dans son esprit. Une foule de questions sans réponses le taraudaient. Puis la fatigue le terrassa et il s'endormit sans même s'en apercevoir.

-11- La Révélation

Château de Blenhum, lendemain soir.

Mis au parfum par William, Abraham analysait une situation peu reluisante qui allait de cachotteries en assassinats… Cette histoire de reliques sentait les problèmes à plein nez.

Heureusement, l'idée d'un bon repas lui fit oublier tous ses tracas. Parfois, il valait mieux attendre que la situation se clarifie d'elle-même, plutôt que d'établir des hypothèses sans fin car cela occupait l'esprit à n'en plus dormir et empêchait d'appréhender correctement le présent, sans oublier que toutes ces questions gênaient la digestion.

A table, les plats se suivaient et ne se ressemblaient pas. Le service à la russe ne lui plaisait pas beaucoup, mais il faisait le plus grand honneur aux plats et à la carafe de whisky. Le dessert n'était pas encore arrivé dans toutes les assiettes qu'il avait déjà consommé presque la moitié du sien. Avec les effets de l'alcool, le sens des convenances relativement vague qu'il possédait s'éloignait progressivement et William songea qu'il ne le retrouverait pas au fond de la carafe. Malheureusement, c'était là où il le cherchait le plus…

William attendit que le repas soit terminé et qu'ils soient installés dans le bureau, au calme. La patience n'étant pas son fort, il attaqua directement :

« Eh bien, Thomas, si vous me disiez la vérité sur la mort de mon père… »

Le lord sursauta si violemment qu'Abraham se demanda s'il n'allait pas avaler son cigare. Ce qui aurait été franchement regrettable… un gâchis pareil ! Il comprit

71

que le whisky avait fait son chemin dans son cerveau et retint sa réflexion.

Lord Gordon-Holles bredouilla :

« Mais comment diable...

– Écoutez, cela n'a aucune importance 'comment'. Ce que je voudrais savoir, c'est pourquoi. »

Thomas reprit contenance, se demandant comment William était au courant. Une partie de lui-même en était agacée, mais l'autre était admirative. Il résista à l'envie de le remettre à sa place. La colère du jeune homme était légitime. Il soupira :

« Je voulais présenter les choses dans l'ordre, mais vous ne me laissez pas le choix. Nous avons deux secrets, et rien, vous m'entendez, rien, n'indique une quelconque connexion entre eux alors ne mélangeons pas tout. Le premier secret, vous venez de l'apprendre, est l'assassinat de votre père. » Thomas avait enfin réussi à prononcer ce mot si odieux. « Le meurtrier ignore que nous avons découvert son geste et c'est très bien ainsi. S'il se croit à l'abri, il sera plus facile à démasquer et fera peut-être une erreur. Cesare Fanelli enquête à ce sujet. Le second secret concerne les reliques de votre famille. Elles sont particulières... » Lord Gordon-Holles se frotta le front avec son mouchoir. « Vous expliquer toute l'histoire serait trop long, je pense qu'il vaut mieux vous montrer. Tout cela n'a vu le jour que grâce à votre père, et si vous êtes décidé à reprendre le flambeau, alors je vous prie de bien vouloir me suivre. »

Il baissa la voix, et tous tendirent l'oreille.

« Croyez-vous en la magie ? »

Dans la chaleur de la salle à manger, Abraham n'avait pas perdu une miette de la discussion. Un frisson glacial lui avait traversé l'échine. La magie... Blanche, noire ou rouge, le diable était toujours derrière la baguette et l'enfer, au bout des sortilèges. Dans quelle galère allait-il encore plonger ?

William n'avait rien dit, il attendait. Maintenant qu'il avait joué carte sur table, sa colère avait fait place à une immense curiosité. Lord Gordon prit une grande inspiration et se sentit tout à coup complètement détendu ; il avait vidé son sac. Que cela faisait du bien ! Son regard se posa sur William ; son allure, sa fougue et son intelligence lui plaisaient. Ils en étaient à la croisée des chemins.

« Je pense qu'il est plus sage que votre aide de camp reste ici. »

Abraham, qui était resté sur le mot 'magie' opina du chef. Il se resservit un verre de whisky, décidant que la chaleur de la pièce l'évaporait trop vite. Il lui semblait que l'Irlandais était un peu plus stable de ce côté-là… William, malheureusement, ne l'entendit pas de cette oreille.

« J'aimerais mieux qu'il m'accompagne. J'ai toute confiance en lui. Abraham est comme un frère pour moi.

– Un frère d'armes ! William, c'est différent… Je connais nombre de loustics à qui je confierais ma vie sans hésiter mais concernant mes secrets, j'aimerais mieux me couper la langue !

– Vous avez offert votre confiance à Fanelli, il me semble qu'au vu des risques auxquels vous m'exposez, j'ai le droit à ma petite assurance vie… »

Thomas expira en haussant les épaules. Ce jeune impudent était décidément têtu.

« Et bien soit ! Mais avant tout, allons-nous changer. Il nous faut faire un peu d'exercice. »

Abraham se sentit des envies de meurtre. Tout son être réclamait un bon lit et on lui offrait une promenade nocturne ! Dans un grand soupir, il tenta la station verticale et la réussit maladroitement. Fichu, William... Restait l'idée de prendre l'air, il pourrait se rasséréner un peu.

Les préparatifs terminés, ils se rassemblèrent dans un des couloirs du château. Il y avait une grande horloge derrière laquelle se dissimulait une vieille porte dérobée qui pouvait se remarquer d'assez loin pour qui la cherchait, mais les châteaux en étaient remplis et beaucoup ne servaient à rien. Ainsi on accédait à un couloir qui desservait une sorte de chambre inhospitalière.

La pièce cachée contenait des meubles d'un autre âge et malgré l'absence de poussière, elle ne servait plus. Il y faisait froid, elle sentait le rance et l'humidité. Le reste de ce qui semblait être une tapisserie au mur contait une des nombreuses batailles du Moyen Âge. Étaient-ce des Français ou des Vikings ? William crut reconnaître la bannière de son château et voulut poser une question, mais il se dit que ce n'était pas le moment et jugea préférable de se taire. Thomas s'avança vers un des piliers de la pièce. Le passage secret était là. Une fausse pièce pour cacher la vraie... À moins qu'il n'y en eût encore une autre... William soupira intérieurement, que de mystères pour un bout d'os ! L'escalier derrière la tapisserie ne ressemblait pas à ceux qui desservaient les étages du château. En bas, un dédale de couloirs les attendait. L'air qui s'en dégageait était nauséabond et saturé de moisi. Ils pouvaient dire adieu à l'air frais ! Abraham regretta de ne pas être allé se coucher et tenta vainement de retenir sa respiration. William aurait pu se contenter de parler pour lui-même !

Au bout de quelques mètres, ils ne savaient plus très bien où ils étaient. William pensait avoir atteint l'aile ouest. Lord Gordon prit la parole.

« Prenez garde, les murs sont vieux, ne vous appuyez pas contre les boiseries, elles pourraient céder.

– Il ne manquerait plus que ça… » souffla le géant.

Ils entrèrent dans la partie la plus ancienne du bâtiment. Au départ, elle ne formait pas une aile mais représentait le corps principal. Au fil des années et des occupants, les modifications gagnaient sur les remparts plus sûrement que les armées normandes de jadis.

La famille de Thomas l'avait rénovée au fil des années et de ses descendants. À ce dernier, on devait la partie la plus moderne, celle qui servait de lieu d'habitation actuel. La porte qu'ils empruntaient menait aux entrailles du château. Les Romains avaient probablement posé les premières pierres. Depuis, cet édifice était sorti victorieux de toutes les guerres. Si aujourd'hui sa fonction défensive n'était plus que d'apparat, il conservait dans ses entrailles un reste de ses angoisses moyenâgeuses : les souterrains. Ils encadraient le domaine comme une fourmilière. Ses sorties, maintenant presque toutes obstruées par le mauvais entretien et le poids de la végétation, parsemaient encore la forêt. Mieux valait savoir où on allait si on ne voulait pas finir enseveli dans un des nombreux pièges.

Le groupe s'engouffra dans un des boyaux sombres. Abraham commençait à trouver la promenade digestive un peu lourde. Voilà maintenant plus d'une dizaine de minutes qu'ils erraient dans la lumière des bougies et l'odeur du bois moisi. Sans Thomas, ils seraient complètement perdus. Quelques meurtrières, inaccessibles depuis que les charpentes jonchaient le sol, et permettaient à l'air de circuler un peu. La taille de ces souterrains était impressionnante. Quel curieux endroit pour une balade ! Lord Gordon-Holles lui, était des plus guillerets et caracolait en tête.

« Nous allons emprunter des passages plus étroits. J'espère que votre ami pourra passer et qu'aucun de vous n'est effrayé par les endroits exigus, étrangement certaines personnes n'y résistent pas ! On appelle ce mal, la claustrophobie, je crois ! La nuit cela ne se remarque pas, mais à partir de là il n'y a plus de lumière du jour. Il nous faut prendre une torche. Les chandeliers ne servent à rien, les bougies s'éteignent à cause des courants d'air. Cela donne un côté catacombes à ces souterrains. D'ailleurs, il ne m'étonnerait pas qu'on puisse trouver quelques squelettes, restes des valeureux défenseurs de cette terre. Suivez-moi bien, il y a tellement de galeries que c'est un véritable labyrinthe, sans compter que certaines parties sont réellement impraticables. »

Les épaules d'Abraham frottaient maintenant les parois du couloir, laissant tomber des petits blocs constitués de moisi, de pierre et de toiles d'araignée. La lumière était loin devant, d'autant que pour ne pas se brûler, ils ne pouvaient glisser de torches entre eux. Au bout d'une trop longue marche pour Abraham, Thomas déclara :

« Si nous étions en surface, nous serions hors de vue du château. Les Normands devaient être surpris de subir des raids derrière leurs lignes ! Nos ancêtres n'avaient pas peur des grands travaux, ils devaient le tenir des Romains ! »

L'atmosphère était de plus en plus humide, l'odeur de la terre et du bois pourri emplissait maintenant complètement leurs narines. Le passage descendait encore et encore. Abraham était mal à l'aise, il avait l'impression que des champignons lui poussaient dans les bronches. En plus de ses larges épaules qui frottaient les parois, il devait avancer penché, pour que sa tête ne heurte pas le plafond de pierre. Il pensa que son bol d'air frais serait à rajouter à la liste de ses frustrations de la soirée. William de son côté avançait, penché aussi, car s'il n'avait pas la carcasse du géant, il était tout de même assez grand.

« Veuillez excuser cette mise en scène involontaire. Mais c'étaient les conditions de conservation idéales, d'après votre père. Le tunnel n'est pas si long que ça mais l'ambiance fait beaucoup dans l'appréciation du chemin. J'avoue toujours ressentir la même excitation. Les sensations ne s'émoussent pas avec le temps ! Je dirais même, au contraire ! »

Enfin, ils arrivèrent face une porte en métal, très imposante. Sa serrure était composée d'une multitude de chausse-trappes dont certaines empoisonnées, aux dires du maitre de maison. Il valait mieux ne pas se tromper. Thomas, s'agitait devant, dissimulant habilement ses mouvements et en feignant certains. Quand la combinaison fut trouvée, la porte s'ouvrit sur le noir le plus profond qu'on puisse imaginer.

Un vide sidéral. Rien ne permettait de voir quoi que ce soit. Au bruit de leurs bottes, ils se rendirent compte que le sol était dur. Thomas éclaira progressivement la pièce.

« De grâce, ne touchez à rien ! »

La pièce était circulaire, le sol pavé de pierre blanche. William fut déçu, il s'attendait à autre chose… Aux murs, des torches très communes et au milieu de la salle se trouvait une sorte de bénitier. Et rien d'autre. Abraham loin de toute considération spirituelle, était satisfait de pouvoir se relever et en profita pour étirer sa stature de géant.

Pour l'instant, on ne distinguait rien. Thomas finissait d'allumer les lampes. Le vicomte s'approcha du bénitier en marbre blanc et commença son inspection. La petite taille de l'objet permettait de voir le dessus. Un coffre se tenait là, serti dans le marbre. Machinalement, il tendit la main… Thomas le stoppa.

« Je vous prie de me laisser faire William, je ne voudrais pas que vous finissiez par attraper mal ! »

William la retira. Le cérémonial pouvait commencer. Thomas prit le coffre avec d'infinies précautions et l'ouvrit. Le dessus s'enlevait. Presque avec tendresse, il le déposa sur un reposoir du bénitier. À l'intérieur, siégeait dans du velours noir, un os humain. Placé dans une bulle de verre et d'or, il reflétait la lumière des torches. Son aspect parfaitement sphérique le rendait presque irréel. Les gravures sur le côté étaient incompréhensibles et ajoutaient au côté précieux de l'objet. À la droite de la relique, posée dans la douce étreinte du tissu, une ampoule d'or et de verre. Les inscriptions pourtant différentes se ressemblaient, comme les mots d'une langue oubliée.

« Voilà ce dont nous parlons ! Ce coffre contient les reliques que votre famille se transmet de générations en générations. Voilà votre trésor, William ! »

Si William paraissait dubitatif, Abraham arborait une mine crispée. Son éducation religieuse mêlée aux superstitions de son peuple, le rendait complètement perméable à l'ambiance de la pièce. Il avait entendu des tas de légendes. Il pensait même en avoir frôlées certaines d'assez près pour en ramener des cicatrices… De toutes ses aventures, il n'avait retenu qu'une seule chose : il valait mieux laisser les histoires de dieux aux initiés. S'il y avait une chose au monde dont il était certain, c'est que le mystique attirait autant les ennuis qu'une proie brisée les charognards.

Il chercha le regard de son ami, dans l'espoir de percevoir une réaction semblable à la sienne mais l'esprit de William n'était déjà plus là. L'ouvrage était magnifique. Un coffret d'or et de verre, délicatement ouvragé, dont la sobriété des dessins mettait en valeur la beauté de ce qu'il contenait. Les os du Christ n'auraient pas eu droit à de plus beau sarcophage. Pendant que William examinait le coffret le plus attentivement du monde, il essayait de se convaincre qu'il en était le maître. Il murmura quelques mots inaudibles :

« Voici donc le trésor des Tadwick… »

Au bout de quelques instants, son regard croisa les yeux illuminés de Thomas. Ce dernier lui sourit :

« Dans la boule de verre, se trouve une cervicale. Nous pensons que la bulle a pour fonction de la protéger, le verre est épais et pourtant transparent… Ce qui est très surprenant au vu de l'âge supposé de l'objet. Rien que cela est 'magique' en soi. Dans l'ampoule d'or, se trouve un peu de ce que nous croyons être son sang. Il n'en a plus l'aspect à cause de son âge. Il est également très vieux, nous ne savons pas exactement de quand il date, mais les inscriptions ressemblent à de vieilles runes empreintes de racines égyptiennes. Ce qui est certain, c'est que ce que vous admirez a plusieurs millénaires. La qualité de l'ouvrage et les matériaux en font un objet de grande valeur. Inexplicable d'ailleurs… Passons… Je laisse cela aux scientifiques et aux historiens ; ce qui nous intéresse, c'est ça ! »

Thomas saisit l'ampoule avec douceur et l'ouvrit pour la montrer à ses invités. À l'ouverture du tube, la pièce s'illumina. Le courant d'air s'accentua si fort que William crut que les torches allaient s'éteindre. Les mains d'Abraham se crispèrent à en faire ressortir les jointures. La peur lui saisit les entrailles. S'il avait su, il aurait pris ses tomahawks ! Rapidement il se rappela qu'il ne parviendrait pas à tuer les esprits sans sortilège. Il frissonna… William était ébahi. Il voulut parler mais ne put dire un mot. Les murs de la pièce semblaient couverts d'or, tout luisait comme en plein jour. Que c'était beau et apaisant ! Lord Gordon-Holles était au comble de l'excitation. Il se dirigea vers une sorte de balance et posa l'ampoule dessus. Il prit des mesures et les nota sur un registre.

« Il est convenu de procéder ainsi. Maintenant, ce que vous allez voir dépasse l'imagination. Je vais accomplir un miracle. »

À la plus grande surprise des invités, Thomas saisit son couteau, remonta sa manche et sans autre forme de procès, s'entailla le bras. Éberlués, William et Abraham esquissèrent un mouvement de recul. Le sang coulait le long de son bras et l'entaille était très profonde. Il hurla pour se soulager. Après quelques instants, l'adrénaline reprit le dessus. En maîtrisant son souffle pour ne plus crier, il murmura :

« Voyez comme je saigne ! C'est mon sang ! Allons, ne soyez pas timide, touchez mon bras. Regardez bien car, je ne le referai pas. Cette substance est trop précieuse. Allez ! approchez tous les deux et constatez combien ma blessure est profonde. »

Abraham s'approcha avec William. À n'en pas douter, le sang qui coulait était bien celui de Thomas. La blessure était laide et William se demandait à quoi jouait lord Gordon-Holles…

« Maintenant, contemplez ! »

Thomas nettoya son couteau sur sa veste et saisit l'ampoule. De la pointe, il effleura la surface du liquide et montra la goutte qui ornait le bout de sa lame. Elle luisait comme une étoile noire. Puis quand il fut certain que tout le monde avait bien vu, il l'appliqua sur sa blessure. Une étrange mousse verte apparut. L'écume qui s'était formée, se transforma en une masse lumineuse et compacte. Abraham aurait juré avoir entendu un cri strident sortir de son bras, comme si la goutte devenait vivante. Elle grossit au point de lui engloutir totalement le tronc. Puis un souffle violent les frappa au visage et éteignit toutes les torches quelques instants. Elles se rallumèrent, seules, comme si elles avaient l'habitude d'être dérangées de la sorte.

Quand la lumière réapparut, tout était calme. Thomas exhibait son bras immaculé. Plus rien, pas une trace ni une cicatrice. C'était impensable ! Abraham se laissa tomber lourdement au sol et William se demandait s'il fallait être heureux ou pas, de posséder une chose pareille. Cela tenait-il plus du miracle ou de la malédiction, en fin de compte ?

« Alors ! Suis-je fou ?

– Non… Mais c'est incroyable ! Quel est ce prodige ? »

Abraham et William, confrontés à l'inexplicable, restèrent silencieux. La lumière était retombée, les odeurs de terre et de bois mouillé revenaient progressivement. Peut-être ne s'était-il rien passé, rien qu'un rêve ou un cauchemar…

Abraham transpirait abondamment. Le whisky ingurgité quittait définitivement son corps par les pores de sa peau. Il mourrait d'envie de fuir cet endroit maudit. Les dangers de la forêt lui paraissaient tout à coup d'une douceur infinie, mille fois plus souhaitables que la magie de ces vieux os. Cette histoire tournerait mal, il fallait lâcher prise et oublier tout ça. Il jeta un regard à William, surpris de son impassibilité. William semblait prisonnier de ses pensées. À moins que ce ne fût de la panique ? Connaissant le caractère téméraire de son ami, Abraham sentit poindre les ennuis.

Progressivement, l'esprit de William acceptait ce qu'il avait vu. Il n'y avait pas d'explication rationnelle, certes, mais les faits étaient là, irréfutables. Il se lança, ne sachant trop s'il parviendrait à parler sans bafouiller. En examinant le bras de Thomas, il lui dit :

« C'est merveilleux ! Vous n'avez plus aucune trace ! Rien ! Pas même une estafilade ! Comment est-ce possible ?

– En vérité, cela ne l'est pas… C'est pour ça que c'est magique… Ou miraculeux ».

William n'en finissait pas de toucher le bras de Thomas. Lord Gordon ne put retenir un sourire :

« Voilà le legs de votre père ! Voici le secret ! La raison de toutes mes manigances ! Comprenez-vous maintenant ? »

Tout était clair maintenant. Les cachotteries, les précautions, le silence de son père… Et ces reliques lui appartenaient… Il y avait de quoi passer pour un Dieu ! Ou se faire brûler vif ! Mais que faire de cela ? D'ailleurs qu'était-ce ? Naïvement, il demanda :

« L'avez-vous fait examiner par les savants de la couronne ?

– Vous appelez ces imposteurs, des savants ? Ce sont des charlatans ! Vous croyez qu'il y a une explication logique à ce que vous venez de voir ? Pour ma part, je suis convaincu du contraire. Une fois qu'ils auront englouti la dernière goutte de cette liqueur de vie, dans le mercure ou le brandy, je suis certain que nous n'en saurons pas plus et qu'ils déclareront l'échantillon trop petit.

– Mais tout de même, c'est une merveilleuse découverte !

– Mais ce n'est pas une découverte, c'est quelque chose de vivant. N'avez-vous pas remarqué ? Le liquide vit.

Regardez-le ! Croyez-moi, la discrétion vaut mieux que l'annonce publique. Que ferons-nous une fois le miracle connu ? Refuseriez-vous l'aide aux malades, aux lépreux ? Que direz-vous à votre roi ? »

William se mit à penser à son père et chuchota, prit d'un doute affreux :

« Pourquoi ne pas avoir sauvé mon père avec ce liquide ? Il aurait pu vivre ! Enfin… »

William réalisa que la maladie n'était pas la raison de son décès. Thomas répondit amicalement :

« Je conçois votre émotion. Toutefois, ne vous extasiez pas trop vite. Cette substance est plus vieille que notre seigneur Dieu… Le liquide ou le sang dont je viens de me servir a sans doute plus de deux mille ans. Il possède certainement des limites. »

William regarda Thomas de ses yeux verts, qui devinrent plus glaçants que le fer de son épée. Ainsi son père en avait eu l'usage… Si c'était vrai, pourquoi en restait-il ? Quel homme choisit la mort pour économiser un médicament, fût-il précieux ? Thomas répondit à la question avant qu'il ne la pose.

« Votre père n'a jamais envisagé les reliques comme un trésor personnel. Il a toujours considéré être le gardien de celles-ci et le descendant des premiers hommes à les avoir possédées. Il ne voulait pas être tenté. Voilà pourquoi l'ampoule est ici. Il avait peur de succomber à son désir de vivre. Toutefois, sachez que nous lui en avons donné à son insu… Dans les potions que lui apportaient Cesare Fanelli, de minuscules particules de ce liquide y étaient dissimulées. D'ailleurs, il devait s'en douter puisque Cesare m'a confirmé qu'il n'avait pas touché à la fiole qu'il lui avait laissée. Nous voulions le faire tenir jusqu'à votre retour. Mais le mal était trop fort, assassin ou maladie d'ailleurs… »

Une sorte de révélation mystique s'emparait de William. Il était le possesseur de l'objet le plus précieux de toute la chrétienté. Thomas continuait, intarissable comme à son habitude :

« Depuis, nous recherchons l'origine de ces reliques, leur source. C'est peut être la panacée des Grecs ou mieux, peut-être l'immortalité, la jeunesse éternelle, que sais-je ! Imaginez si nous trouvions l'endroit ou la formule !

– La source ? Comment ça ?

– Qui vous dit qu'il ne s'agit pas de l'eau de la fontaine de jouvence ? Ou encore le sang d'un Dieu ou une formule de médecine ? Remonter la piste est notre seule chance ! »

« Chance ou malheur… » pensa William. Les grands trésors attiraient toujours de grandes convoitises, et qui résisterait à l'accès à l'immortalité ? Son sentiment d'insécurité rejaillit subitement, et l'espace d'un instant, il regarda Thomas comme un potentiel ennemi. Le naturel revenait au galop et il commença son enquête :

« Combien sommes-nous à savoir cela ?

– Je vous vois venir ! En réalité, vous connaissez tout le monde. Il y a Cesare Fanelli, Abraham, vous et moi. Écoutez, je vous ai promis de ne plus faire de mystères et j'ai tenu parole. À vous maintenant de tenir la vôtre. Vous êtes jeune et rapide en besogne… Laissez-moi donc le temps d'organiser les choses. »

William inspira profondément :

« Très bien, faisons cela à votre rythme. Je vous laisse la main, mais je ne vous promets pas de rester inactif.

– Demain, nous aurons des affaires à décider, à commencer par savoir si vous souhaitez récupérer votre trésor. Pour l'heure, allons-nous reposer. »

Ils firent le chemin en sens inverse. À la différence

que cette fois-ci, Abraham ne fermait pas la route… En quittant la pièce, Thomas dit à William :

« Ah, une dernière chose : voici le livre de votre père, celui que vous avez vu sur mon bureau… celui de Bartolomeo Diaz. Je vous conseille vivement de le parcourir. »

Lord Gordon-Holles tendit à William le livre qu'il avait convoité la veille. Cette marque d'attention le toucha. Il le remercia et éteignit les lumières avant de regagner le château et ses habitants.

Bartolomeo Diaz

Château de Blenhum

William était installé devant la cheminée avec le livre de Bartolomeo Diaz. L'ouvrage était fascinant. Malgré sa connaissance relative de l'espagnol, William lisait avec ardeur. Le compagnon de Cortés y décrivait les civilisations rencontrées, leurs rites, leurs coutumes. Le projet politique du conquistador transpirait à travers les pages. William devinait la soif d'indépendance vis-à-vis de l'Espagne et l'euphorie de la découverte. Le livre sentait les jungles de la nouvelle Espagne. Parsemé d'annotations de son père, il faisait partie des seuls objets d'études conservés. Si au départ, Thomas pensait que William saurait où son père cachait ses recherches, celui-ci s'aperçut qu'il en ignorait jusqu'à l'existence… Henry Tadwick était parti avec tout son savoir. Dans l'espoir de comprendre le lien entre les reliques et ce livre, William se laissait doucement embarquer dans l'aventure des conquistadors.

Le feu de la cheminé détendit les muscles de William, la crispation et le stress les ayant sérieusement éprouvés. À cet instant, le mystère de sa découverte le pénétrait de toute part. Le mystique venait de s'emparer de lui. Le livre de Diaz lui rappela les éclats dorés et la lumière des reliques, le souffle chaud de la révélation, l'odeur de la peur aussi. Comment oublier la vivacité de cette mousse brillante, la douleur soudainement disparue ?

Abraham qui avait la même problématique, vint gratter à la porte, l'air tracassé. Au lieu de ressentir l'épuisement de sa journée, il marchait de long en large.

William comprenait que, comme lui, ses nerfs étaient à vifs. Il n'eut pas le temps de lui dire qu'il partageait son tourment.

« Ça n'est pas normal tout ça ! Pas normal ! C'est un esprit ? Ou un Dieu ? Que sais-je ? »

Abraham reprit sa marche folle la tête basse puis d'un coup la stoppa et regarda son ami, en le pointant d'un doigt accusateur :

« Et toi, je te connais ! Je te préviens, ne me fais pas ce coup-là : pas question ! Lord Gordon-Holles, sa quête mystique… Je ne suis pas un exorciste en maraude, moi ! Ça sent trop mauvais ! On n'a aucune maîtrise sur ce genre d'évènements. »

William cherchait déjà un moyen de le convaincre, mais il comprit que cela serait impossible. Il y avait eu trop d'émotions dans la journée. Toute discussion qui suivrait serait vaine et inutile. Il s'approcha pour réconforter son ami et le rassurer.

« Cette quête n'est pas la tienne, mon ami. Quant à moi, le choix ne m'appartient pas. Mon père a été assassiné et à présent, je sais pourquoi. Quoique pense Thomas, il est impossible que sa mort ne soit pas en lien avec les reliques. Ma meilleure option est de reprendre sa place et de jouer son rôle et si tout se passe comme prévu, je démasquerai son meurtrier.

– Jouer les appâts ? Bravo… Quel génie ! Un piquet, une chèvre et on attend le loup !

– Au lieu de te moquer, propose ! Tu as une meilleure idée ?

– Ce n'est pas la question, tu mélanges tout ! Trouver l'assassin de ton père je suis d'accord… Mais ça… C'est de la sorcellerie tu comprends ? Cette histoire te dépasse, les forces en puissance sont sans doute démoniaques !

– Depuis quand tu t'inquiètes pour mon âme ?

– Ne mets pas ça sur le tapis ! Le surnaturel existe et maintenant tu ne peux plus le nier. Il faut agir en conséquence.

– Et tu sais comment cela fonctionne, toi, le surnaturel ? Moi pas ! Mon but est toujours le même : trouver l'assassin de mon père, d'autant que sa mort n'a rien de surnaturel, elle. Tu sais très bien que je n'ai pas le choix. »

Mais aux yeux d'Abraham, trop de choses étaient en jeu. Il n'était pas rassuré, loin s'en fallait. Prenant sur lui, il déclara pourtant :

« D'accord. Je t'aiderai. Mais je ne m'engage pas à te suivre jusqu'au bout. Si cela prend une tournure que je n'aime pas, je partirai. La seule chose que je te promets, c'est de te prévenir. En attendant, j'accepte de faire partie de l'aventure. Et tu sais quel effort ça représente… Je déteste autant les bateaux que les esprits ! Alors, on commence par quoi ?

– Par dormir ! Nous y verrons plus clair demain. Quant à moi… Je pense qu'il me faut comprendre ce que Thomas voulait dire par l'origine des reliques. Ensuite, je ne sais pas… Attendre de voir ce qui se passe… Je pense que l'assassin prendra contact avec moi. Il faudra rester vigilant et le démasquer ! »

Abraham se moqua :

« Tu pourrais déjà chercher dans tes tiroirs et dans tes pièces secrètes. Apparemment c'est la spécialité locale. Rentrons chez toi… Ton père a bien été assassiné là-bas ?

– Oui, mais maintenant que je connais mieux Thomas, je peux t'affirmer que ce soir, nous n'avons eu droit qu'à la dose d'information prévue. Je te parie que demain, nous en saurons encore un peu plus. »

Abraham ajouta :

« Il reste surtout à savoir ce que tu feras des reliques. Je te conseille de les laisser ici. Moi, je ne partirais pas avec le mauvais œil…

– Je suis d'accord. Si en plus de tous les problèmes, je dois veiller sur les reliques, je crois que je vais devenir fou !

– Ça semble plus raisonnable. Enfin, s'il subsiste encore une parcelle de raison dans cette histoire ! »

Le géant quitta la chambre afin de trouver un sommeil réparateur. Les émotions l'avaient épuisé. William reprit son occupation littéraire et se replongea dans le livre. Il relut les commentaires de la marge, avec un intérêt renouvelé.

Le Nouveau Monde lui ouvrait ses portes : il pouvait voir les pyramides de pierres grises, les idoles aux visages terrifiants et entendre la fureur des batailles dans le cri des sacrifiés. Tant de cruauté dans un endroit si beau ! Dans la marge, son père indiquait d'autres sources et avait entouré un chiffre incroyable : « Entre quatre et quatre-vingt mille personnes ». Il comprit en frémissant d'horreur que ce nombre était celui des victimes supposées, des prêtres à la lame obsidienne. Mais loin d'être effrayés par les cadavres, les conquistadors plongeaient plus en avant dans le pays, ajoutant les leurs à l'hécatombe. Leur soif d'or et de richesse s'étanchait de sang. Au fond de leur cœur, vibrait une volonté impossible, celle de vouloir transformer un homme en empereur. Sous le couteau, les Indiens parlaient et du doigt montraient la jungle. Il y était question d'une légendaire cité aux murs d'or : Cibola. William connaissait cette légende. A la rechercher dans l'océan vert que formait la jungle, nombre d'hommes vaillants et téméraires avaient sombré dans l'alcool et la folie. Des siècles de recherches infructueuses persuadèrent William que ce n'était qu'une légende de plus, que là-bas comme ailleurs, on ne bâtissait pas des palais en or massif. Pourtant, au fond de lui une voix lui murmurait : « Et si tout cela était vrai ? Si par delà la souffrance et les morts, se dressait une cité aux murs d'or ? » Il sentit alors naître un désir si fort qu'il ne put le contenir totalement. La folle envie que cette légende ne fût pas qu'un mirage… Après tout, n'avait-on pas vu des lions refuser un festin dans une arène ? Cortés, Pizarro, n'avaient-ils pas trouvé assez d'or pour acheter un royaume ? Il sourit. L'homme était capable de bien des choses contre la promesse d'un joli rêve.

Une question demeurait : quel était le lien avec les reliques familiales ? Captivé par le récit des explorateurs, il s'enfonça dans les marais de Mexico et les forêts de nouvelle Grenade. Bartolomeo décrivait avec une apparente objectivité le pays et il y avait autant de paragraphes que de rêves. Chaque page suscitait chez William des envies de voyages, qu'il s'agît de perroquets multicolores, de grands singes ou de féroces guerriers jaguars.

Soudain, sur un bas de page, une série de glyphes, clairement détaillés, attira son attention. William eu un choc. Il se souvenait très clairement avoir vu le symbole sur l'ampoule des reliques. Il approcha le livre de ses yeux comme pour y pénétrer. Aucun doute possible… C'était incroyable ! D'un trait, son père avait entouré la gravure. Comme si l'auteur avait saisi l'importance de sa trouvaille, le texte devint plus détaillé : « Ces inscriptions sont les mêmes que celles décrites par le capitaine Herero… Certains pensent qu'elles font référence à Cibola, une légendaire cité d'or. Là-bas se trouverait ce que cherche tout homme en abondance.

C'est à la fois la création du monde et sa destruction. Un indigène parle de « lumière plus jaune que le soleil » et « d'écume vivante ». Je dois prendre garde à ce que la rumeur ne vienne pas susciter des vocations parmi mes hommes… » Si les détails étaient finalement assez succincts, son père les avait soulignés. William était songeur… Il venait d'assister à un phénomène similaire. Quel pouvait être le lien entre Cibola et les reliques de sa famille ? Se pouvait-il qu'un Tadwick les ait achetées à un Espagnol désargenté ? Mais surtout, pourquoi son père ne lui avait rien dit ?

Par acquit de conscience, il décida d'aller chercher sa correspondance. Jusqu'à ce soir, il n'avait pas pris la peine de vider les fameux tiroirs secrets dont Abraham s'était moqué.

Quand il ouvrit le tiroir du courrier, l'air des Amériques se rappela à lui. Il crut sentir à nouveau ce parfum ambré, si particulier, fait d'humidité et d'odeur de feuilles coupées. L'espace d'un instant, il crut voir la lumière jaunie de sa lampe à pétrole sur les murs de sa tente. Le cerveau est un fin manipulateur, pensa-t-il. Les enveloppes étaient toutes là, soigneusement attachées avec un ruban bleu roi. Il fouina un moment sans rien trouver. Déçu et envahi par la nostalgie, il décida d'aller se coucher. Seul le sommeil pouvait soigner un cœur épuisé par les émotions.

-13-
Mycroft

Château de Blenhum

Ce matin, Mycroft le majordome s'était levé d'humeur joyeuse. Réveillé avant les lueurs de l'aurore, il goûtait particulièrement ces heures matinales où le château n'appartenait qu'à lui. Avant de commencer son office, il fit ses exercices matinaux de gymnastique, qui impliquaient des génuflexions et quelques pompes bien senties. Il était très important de garder une bonne condition physique, le corps devant, comme tout un chacun, obéir aux ordres qu'on lui donnait. Il se dirigea ensuite vers un petit bout de métal poli qui lui servait de miroir et bu la petite décoction de jeunesse qu'il se préparait. Il détestait se présenter devant les autres domestiques sans être impeccable. Il lissa ses cheveux gris avec un peu de brillantine, se rasa de près puis s'habilla avec ses affaires préparées de la veille. Enfin prêt, il baissa les épaules et afficha le regard des humbles afin de parfaire son allure de majordome puis, noblement, descendit l'escalier avec la certitude que jamais il ne marcherait comme un esclave.

Une belle journée l'attendait. Tout d'abord, il y avait le retour de la duchesse. Quand elle n'était pas là, tout partait à-vau-l'eau. C'était bien Eleanor Gordon-Holles, qui gérait l'activité du château, et certainement pas le lord. Mycroft n'excusait pas l'odieux détachement que montrait un homme de son importance vis-à-vis de l'Etiquette.

Mycroft devait sa bonhommie peu coutumière à l'un de ses traits de caractères préférés : la rancune.

Ce barbare insolent méritait une leçon et parole de Zeller, elle n'attendrait pas. Pour mettre son plan à exécution, il était prêt à courir ce risque. Sa logique de l'honneur l'emportait sur le reste.

Quelques jours plus tôt, il s'était rendu au village de Greyford, pour aller faire quelques achats à l'officine de l'apothicaire Cesare Fanelli. De notoriété, l'apothicaire était un homme d'une grande discrétion. De fait, les commérages et les ragots ne faisaient pas bon ménage avec les potions. La boutique était remplie de différents ingrédients : herbes, extraits de fleurs, pierres en tout genre. Cela ressemblait à une sorte de petit capharnaüm où tout était étiqueté, mais on pouvait trouver de tout. Et après des années au service des Gordon-Holles, Mycroft avait appris à se débrouiller.

Il avait une recette infaillible et ce petit secret avait fait de lui l'élément le plus important du personnel. Au départ, cela avait servi à calmer un invité un peu trop entreprenant avec les femmes de chambre. La vertu était aussi le travail d'un majordome ! Une autre fois, c'était pour un étalon trop vigoureux. Et finalement, sa recette était si formidable que la duchesse avait fini par lui en demander, pour les fois où elle serait « incommodée ». De fil en aiguille, il avait affiné le dosage, et à présent, il pouvait assommer un éléphant. Ou un animal tout aussi dérangeant…

Il acheva de préparer sa potion, mêlant les ingrédients avec précision. Il concentra un peu plus le mélange. Avec un tel énergumène, il s'agissait de ne pas prendre de risques.

Il sourit, c'était prêt. Demain, l'Indien pavoiserait un peu moins.

Oui, c'était vraiment une belle journée.

-14-
La Quête

La nuit porte conseil, pour autant que l'on puisse dormir un peu, or le sommeil avait fui William et Abraham. Ce matin-là, ils étaient pourtant debout dans le bureau de Thomas.

De retour dans l'antre du lord, William ne se sentait pas complètement à son aise, car il revenait sur les lieux du crime. Cependant, il ne ressentait aucune culpabilité puisque le lord lui avait caché la vérité. Cela faisait un partout. Abraham, installé confortablement dans un coin, se contentait d'observer les débats comme à son habitude. Il croquait bruyamment dans les pommes qu'il avait pu chaparder aux cuisinières et, séparait à grands coups de dents la chair blanche des pépins noirs. William lui jeta un regard qui l'invita à utiliser un outil plus silencieux. D'un haussement d'épaule, le géant balaya la remarque et afficha sa faim en se touchant le ventre. D'un air solennel, lord Gordon-Holles prit la parole :

« Après la séance d'hier, je voulais vous laisser un peu de temps pour récupérer. Dès lors, la première question qui me vienne à l'esprit est simple : Comment vous sentez-vous ? Nul doute que vos découvertes doivent hanter vos nuits plus sûrement qu'un château écossais. »

L'élégance et l'empathie de la question plurent à William. Il avoua :

« Dépassé la surprise des révélations, je vous avoue que le fardeau des responsabilités est lourd à porter. Je comprends maintenant tout votre embarras à me mêler à cette histoire, et si la situation m'apparaît aujourd'hui bien plus clairement qu'hier, j'ai la sensation que les enjeux me dépassent. Un tel secret ne pourra passer inaperçu bien longtemps… Au moindre faux pas, les convoitises, les complots s'enchaîneront à un rythme insoutenable. Le temps que le clergé ou notre roi s'aperçoivent de ce que nous dissimulons sous leur barbe et qu'ils ne décident de nous pendre, nous serons peut-être morts, tués par une ombre invisible. En effet, comment croire que la mort de mon père ne soit pas liée à cela ? C'est impensable ! Mais la crainte qui l'emporte est celle de perdre la piste du meurtrier de mon père. Le miracle des reliques devra attendre que la tête du meurtrier soit tombée d'abord. »

Lord Gordon-Holles comprenait la rage de William. S'il avait été jeune lui-même… Il soupira avant de dire :

« Depuis sa mort, nous n'avons eu de cesse que de chercher à comprendre. Cesare Fanelli remue ciel et terre, enquêtant sans cesse. Seulement, agir en plein jour et nous découvrir, c'est risquer d'effrayer son assassin. Quelle sera sa réaction une fois que la contrée sera à feu et à sang ? » Thomas changea de ton et la tristesse imprégna ses paroles. « Non… Il ne faut pas prendre de risques. D'ailleurs je comptais vous montrer nos avancées dans ce domaine… Une fois votre position éclaircie, vous pourrez décider des suites à donner. »

William hocha la tête en signe d'acquiescement. Thomas lui mit la main sur l'épaule en guise de soutien et poursuivit :

« Cesare Fanelli devrait arriver prochainement au château. Je vous propose de faire un point sur les avancées de son enquête ensemble. Qu'en dites-vous ?

– J'en serais des plus honorés.

– Bien. Si vous le voulez bien, j'aimerais connaître vos

intentions sur le trésor de votre père. À commencer par savoir si vous désirez le récupérer. »

Le jeune vicomte se frotta la tête.

« J'ai occupé une bonne partie de ma nuit à cette question. J'ai eu beau chercher, seules des mauvaises solutions m'apparaissaient, à commencer par la première d'entre elles : Ranger le diable dans sa boite et le jeter au fond d'un océan. Mais je n'ai pu m'y résoudre. La raison en est simple : si mon père l'avait désiré, il l'aurait fait lui-même et elles seraient déjà au fond de l'eau.

– Rien n'indique qu'il n'y ait pas pensé…

– Peut-être, mais de toute façon si nous désirons retrouver l'assassin de mon père, je ne peux agir de la sorte. D'une manière ou d'une autre, les reliques sont la clé du mystère. S'en débarrasser n'aidera personne.

– Bien, je me félicite de votre renoncement. » William poursuivit :

« Ensuite, j'ai pensé rendre l'affaire publique. Si nous offrions ce présent inestimable à notre bon roi, nul doute que nous obtiendrions sa reconnaissance éternelle. Échanger l'immortalité contre un titre et des rentes… Mais l'idée me répugne. Ce qui nous ramène au point de départ. Au bout du compte la question est la suivante : Échangerais-je des vies de quiétude pour les Tadwick contre le trésor et la vie de mon père ? La réponse est évidente. C'est non. »

Thomas fit la synthèse et déclara :

« Quand le Graal échoue dans vos mains, il n'est pas évident de faire comme si rien ne s'était passé ! » Il regarda William et lui sourit. « Pas si simple, n'est-ce pas ? »

William avait analysé la situation toute la nuit : D'un côté un trésor inestimable, sans doute le plus grand jamais découvert, et de l'autre le danger qu'il représentait.

L'enseignement de son père ne laissait pas la place au doute ; la mort sanctionnerait le moindre faux pas. Si Thomas suspendait son souffle aux lèvres de William, Abraham lui, avait compris depuis bien longtemps. Le géant avala sa dernière bouchée de pomme. Les ennuis et William ne faisaient qu'un.

« Dès lors, il ne reste que la moins mauvaise. Continuer sur ses traces en espérant comprendre les raisons de son meurtre avant qu'un autre d'entre nous ne succombe de la même erreur… »

Thomas déglutit lourdement, car il n'avait jamais envisagé les choses sous cet angle. William ne marqua pas de pause :

« Et si vous voulez bien m'accorder l'honneur de continuer à veiller sur les reliques, je vous en serai éternellement reconnaissant. » Les yeux verts de William fixèrent Thomas. « Vous vouliez ma confiance, la voici. Si vous aviez voulu vous emparer des reliques, rien ne vous empêchait de mettre la main dessus et de faire en sorte que personne ne le sache jamais. Vous n'avez pas agi ainsi, et quand on connaît leurs pouvoirs, cet acte n'est pas à la portée de tous les hommes. Votre intégrité est exceptionnelle. Maintenant que les choses sont claires sur notre engagement et nos motivations respectives, pourriez-vous m'affranchir sur la situation ? »

Lord Gordon-Holles regardait fixement William. L'homme lui plaisait vraiment. Malgré la différence d'âge, ils se comprenaient. Il sentait chez lui de la fougue et de l'énergie, mais surtout de l'intelligence. Il soupira. Si seulement lui aussi avait eu un fils… Il pensa à ses trois filles et la chaleur envahit son cœur, lui faisant regretter cette pensée. Elles ne ressemblaient pas à ces jeunes filles écervelées qui arpentent les parquets en piaillant. Il y avait veillé. William coupa le fil de sa nostalgie :

« J'imagine que vous aviez bien un plan ?

– Un plan… Laissons cela aux militaires, je préfère parler de trajectoire ! Avez-vous eu le temps le livre de Bartolomeo Diaz ? » Demanda Thomas.

« Je l'ai un peu parcouru depuis hier soir… D'ailleurs, j'ignorais que ma famille fut en rapport avec des conquistadors. »

Thomas prit un ton des plus solennels :

« Cela, mon cher, nous n'en savons rien ! Il faut revenir à la genèse de cette affaire. William mon cher, je vais vous raconter une merveilleuse histoire de famille. Je vous passe le début. Allons au moment où Cesare Fanelli, l'un des hommes les plus brillants qu'il m'ait été donné de rencontrer, entre en scène. Après des années d'enquête, notre apothicaire démontra avec une quasi-certitude que les reliques n'étaient pas celles d'un saint homme. Quelle ne fut pas notre déception… Mais votre père est quelqu'un de pugnace. Il s'entêta. Un jour, Cesare lui proposa de faire une expérience un peu curieuse. Le don le plus répandu pour les reliques est la protection. Alors que votre père tenait les reliques à la main, Cesare le blessa, mettant à mal l'expérience. Votre père, ne voulut pas abandonner. Il fut question de briser la protection de verre de la cervicale, mais par superstition ou souci du patrimoine, ils ne purent s'y résoudre. Quand l'ampoule s'ouvrit, ils décidèrent d'utiliser une goutte du liquide : votre père n'aurait pas permis d'en utiliser plus. Devant le résultat, ils tombèrent à genoux et rapidement m'en informèrent : lumière, écume, guérison ! Devant l'importance de cette découverte, nous jurâmes de garder le secret et ensemble nous redoublâmes d'efforts. Si la solution ne se trouvait pas dans la chrétienté alors il fallait chercher ailleurs ! Une à une, nous écumions les bibliothèques de tous les royaumes à la recherche d'indices. C'est là que la chance aida votre père.

– Le livre de Bartolomeo Diaz… »

Thomas sourit et poursuivit :

« Exactement ! Henry était tombé dessus par hasard et ce, dans sa propre bibliothèque ! Un comble ! Interloqué par le nom de l'auteur, il le parcourut et s'aperçut de la rareté de l'édition. Échappant à la censure romaine, le pauvre livre contraint à l'exil avait fini sa course sur une étagère anglaise. Dès lors, il plongea dans sa lecture avec avidité. Ses efforts ne furent pas vains. En bas d'une page, le choc : Au milieu des glyphes mystérieux et la légende de Cibola, un symbole connu ! Le même que celui qu'on trouve sur les reliques. Un cercle et trois traits. L'espoir rejaillit, nous confortant sur l'idée même de cette quête. Nous avions trouvé notre Graal et il devint notre obsession… Il apparaissait clairement que la piste à suivre n'était pas de ce côté de l'Atlantique, mais en territoire espagnol.

Nous avons alors recherché dans tous les livres des conquistadors d'autres indications. Notre problème est que dans leur quête d'or et d'évangélisation, les Espagnols ont systématiquement détruit les temples. De toutes les traces ou des indices potentiels, il ne subsiste rien. Nous devons ce carnage à Diego de Landa, un père franciscain. Ah, la sottise des hommes ! Sitôt arrivé au Yucatan, Diego de Landa comprit que les peuples autochtones possédaient une culture fascinante. À mesure qu'il évangélisait à sa façon les populations du Nouveau Monde, il s'éprit de cette écriture symbolique et fit traduire les glyphes par son esclave. On nomme ces livres des Codex. Loin de se comporter comme Cortés, qui lui avait compris la richesse de ce patrimoine, il eut une réaction différente. Un de ces moines lui rapporta que les autochtones continuaient de vénérer leurs dieux, considérant Jésus-Christ comme une divinité parmi d'autres. La rage envahit Diego de Landa et l'inquisiteur ressurgit en lui. Découvrant que la croyance du peuple conquis envers son seigneur s'apparentait à une farce, il décida de sévir. Alors qu'il représentait le premier ambassadeur de cette culture, il ordonna la confiscation de tout ce qui s'apparentait à cette croyance. Poteries, livres, objets… Tout ce qui portait un glyphe fut saisi ! Puis en 1530, un autodafé emporta dans les flammes tout ce qui restait de la culture de ce peuple. Voilà pourquoi de toute cette richesse, le seul indice que nous possédions était le livre de Bartolomeo Diaz. »

William fouilla dans son sac et saisit le livre. Il l'ouvrit à la première page. Sous le nom de Diaz était dessiné une sorte de caillou, comme une météorite. Il le montra à Thomas qui acquiesça. Il s'agissait bien de cela. Le vicomte se hasarda à une question :

« En imaginant que Cibola soit la clé de notre histoire… Qu'est-ce qui vous permet d'affirmer que nous réussirons là où des milliers d'hommes ont échoué ? Autant chercher une aiguille dans une botte de foin. Les territoires couverts sont immenses ! Il faudrait presque une vie pour ne serait-ce que traverser la Nouvelle Espagne jusqu'au fin fond de la Nouvelle Grenade. Avec nos moyens, il faudrait des centaines d'années !

– Vous ne croyez pas si bien dire ! Comme vous l'avez remarqué, nous ne sommes pas les premiers à s'embarquer dans cette aventure. Parmi tous les aventuriers en quête de richesse, une famille de nobles Espagnols, celle du marquis de La Roya, recherche cette citée depuis des générations. Le premier La Roya s'appelait Esteban. Il voua sa vie à cette quête. Malgré les échecs, cette famille prospéra longtemps, et son descendant, le marquis Armando de la Roya poursuit toujours cette quête. Malheureusement pour lui, son engagement absolu engloutit l'intégralité de leur fortune et salit leur nom. La recherche de Cibola le détruisit. Il connaît tout d'elle et de ses mythes et il demeure encore le plus grand spécialiste de la question. »

William s'assombrit ; il y avait encore quelqu'un à ajouter à l'équation.

« Il nous faudrait faire affaire avec cet homme ?

– Hum… En réalité, c'est déjà le cas. Par l'intermédiaire d'un Français, un aventurier sans scrupules, Jacques de Hautecoeur, qui fait parvenir de l'or au marquis de la Roya, et en échange, nous recevons des informations du terrain.

– Et les reliques ? Que connaît-il des reliques ? » demanda William, inquiet.

« Je vous rassure immédiatement. Il en ignore jusqu'à l'existence !

– Bien… Mais comment pouvez-vous croire qu'un noble Espagnol trahira son pays au profit de l'Angleterre ? S'il découvre la cité, la Couronne espagnole s'en emparera immédiatement et l'or de la cité se retournera contre nous.

– Non, aucun risque ! Son engagement absolu a fait de lui un paria dans son pays. Il a été excommunié par le Vatican et personne à la cour du roi d'Espagne n'est jamais intervenu en sa faveur. À la surprise générale, il est parvenu à s'évader de la prison où il était enfermé et à rejoindre la Nouvelle Espagne. Aujourd'hui, une aura d'invincibilité l'entoure et les rumeurs les plus folles courent à son sujet. La plus amusante est sans doute celle qui prétend qu'il s'est évadé de sa geôle en utilisant un os de poulet ! Nous aurons à composer avec lui et ses hommes. »

William fit la grimace.

« C'est une sorte de mercenaire… Formidable… Et comment avez-vous trouvé cette perle rare ?

– Sans trop de difficultés en vérité. Le responsable de l'excommunication de cet homme à la foi vacillante, est le cardinal Deforsi, l'homme pour qui travaillait Cesare Fanelli avant de nous rejoindre. C'est ainsi que son nom est revenu sur le devant de la scène lorsque votre père a mentionné Cibola. S'il n'est pas l'allié idéal, le marquis de La Roya présente plusieurs avantages importants. Premièrement, il connaît le pays comme personne et possède des siècles d'avance sur nous. Ce seul argument suffirait encore à justifier notre relation. Ensuite, c'est un paria dans son pays, c'est-à-dire que la seule aide dont il puisse disposer est la nôtre. Pour finir, il est de l'autre côté de l'Atlantique. Cela le rend donc inoffensif ! »

William se rangea à l'avis de Thomas. Tant que les reliques restaient un secret et qu'elles ne quittaient pas le château, les risques se limitaient à l'or investi par lord Gordon-Holles dans cette affaire bancale. Quand le jeune vicomte demanda la raison de l'excommunication du marquis de La Roya, Thomas se contenta de répondre que des gens capables de brûler des livres, pouvaient tout aussi bien enfermer ceux qui les lisaient. Puis lord Gordon-Holles se dirigea vers une étagère et en vida entièrement le contenu. Il s'agissait de la correspondance du sulfureux marquis. William se mit à lire les indications écrites sur les feuilles. Reprenant leurs réflexes, Abraham se leva et aida William à les replacer sur une carte. Thomas, satisfait, s'éclipsa doucement et s'installa devant un verre bien mérité.

Après plusieurs heures de travail, les points étaient

placés. Leur plus grande surprise fut de constater que les localisations du marquis de La Roya suivaient les pourtours d'un fleuve très au sud du territoire de la Nouvelle Espagne. Cependant, l'avancement des points marquait depuis peu un ralentissement, signe que le marquis s'éloignait davantage du fleuve pour pénétrer toujours plus loin dans la jungle. William fit une pause pour vérifier les points, mais il ne constata pas d'erreur.

« Pardonnez-moi mais avez-vous remarqué que des points sont très éloignés des zones pacifiées ? Il est fort probable qu'il entre en contact avec des populations dont nous ignorons tout.

– Effectivement. Armando de La Roya cherche des indications dans les pierres gravées sur les temples. À chaque fois qu'il croise le signe des trois traits et du cercle, cela le conforte dans son idée d'avancer. Il se déplace donc de saut en saut, pensant que plus la densité de signes augmente, plus il se rapproche. Voyez les rapports détaillés et les gravures de ceux qu'il a visités. Quelques temples sont si vieux que la jungle les a complètement submergés. Tous ses rapports indiquent ce signe reconnaissable : La météorite ! Regardez. Il est systématiquement gravé sur une pierre au-dessous de la stèle des sacrifices.

– Comment Jacques de Hautecoeur arrive-t-il à garder le contact ?

– Il vient chaque année s'approvisionner à un rendez-vous fixé l'année précédente. C'est comme ça que nous avons convenu de le financer. De l'or contre des rapports. Ces rapports nous sont ensuite portés par notre contact français et chaque année nous recommençons. Ce qui fait que nous avons presque un an de délai. »

William et Abraham étudièrent attentivement l'ensemble des éléments sur la carte.

D'une main délicate, le géant déposa des chandeliers en argent sur les cartes afin d'éviter qu'elles ne s'enroulent. Il épiait William, dubitatif. Le projet semblait fou ! Lord Gordon-Holles abattit ses dernières cartes :

« Nous avions dans l'idée de monter une expédition. J'ai obtenu du roi un bataillon au grand complet et des vaisseaux. Financés par nous-mêmes, évidemment. Officiellement, de quoi renforcer nos opérations dans les Caraïbes. »

William reprit le fil de la discussion.

« Vous avez l'accord du roi ? Pour une opération de cette envergure ?

– C'est en cours… Le but est de remonter le fleuve, de faire jonction, d'embarquer l'or de la cité, de découvrir ce que nous pourrons sur les reliques et de rentrer. Et le tout au nez et à la barbe de ces maudits Espagnols !

– C'est l'opération la plus risquée dont j'ai jamais entendu parler !

– Je sais ! Mais renforcer nos îles à peu de frais pour le royaume est une option des plus intéressantes pour la couronne. »

Thomas fit une pause afin de laisser à son interlocuteur le temps de la digérer toutes ces informations. Il demanda à William :

« La vérité est ailleurs. Elle est dans notre cœur… Scrutez votre âme. Que vous dit-elle ? Pourriez-vous résister à cet appel ? »

Thomas avait raison. William le sentait bien, il avait accepté avant même d'y réfléchir. Il n'était pas fait pour vivre accolé à une cheminée… Pas encore, tout du moins ! Abraham leva les yeux au ciel. Il s'approcha de la carafe de whisky et prit ses cinq premiers verres de la journée.

-15-
Adieu à l'enfance

Château de Blenhum.

Comme tous les soirs, William et Thomas revenaient de leur pèlerinage. Le dîner achevé, ils en profitaient pour examiner les reliques, et c'était un émerveillement permanent. Cependant, ni les reliques, ni les rêves de Cibola ne lui ôtaient de l'esprit la mort de son père. Il savait qu'il serait bientôt temps pour lui de retourner dans son domaine de Gaverburry et il comptait bien en profiter pour tirer cette affaire au clair. Un soir, Lord Gordon-Holles lui annonça :

« Comme vous le savez, l'objectif ne sera pas des plus faciles à atteindre. Si nous tenons pour certain que la discrétion doit nous permettre de l'emporter, il nous faudra des hommes pour effectuer la liaison, beaucoup d'hommes. Vous n'êtes pas sans savoir que je possède quelques appuis au gouvernement ainsi que la charge du le 86e régiment de chasse des Highlands. Le major Duranhill, qui assure actuellement le commandement de quatre de ces compagnies, va, sous peu, être nommer à d'autres fonctions… »

William écoutait attentivement le discours de lord Gordon-Holles et dans les silences de son interlocuteur, il entrevoyait plusieurs possibilités mais toutes étaient plus surprenantes les unes que les autres. Il ne fut pas déçu.

« … J'ai donc l'honneur de vous annoncer que j'ai accepté votre nomination au poste qu'il laisse vacant. Depuis ce soir vous êtes officiellement Major du 86e régiment de chasse des Highlands. J'ai pensé que plus vite nous nous mettrions au travail, plus cela augmenterait les chances de succès. Je ne vous ai rien dit avant pour vous faire la surprise... Je vois que c'est réussi ! Tenez, votre ami le marquis Fairly vous fait passer une lettre de félicitations. Depuis longtemps nous préparons l'affaire, mais je ne voulais pas vous forcer la main. Vicomte, vous venez de prendre du galon ! »

William était extrêmement gêné et son visage, blanc comme un linge, indiquait sa contrariété... Lord Gordon-Holles crut un instant que le vicomte prenait son geste généreux comme une incursion maladroite, voir une ingérence dans ses affaires. Il se trompait. Ce qui chagrinait William était le fait qu'il venait de gagner la charge d'environ cinq cent personnes ! Certes, l'honneur était immense mais les coûts d'entretien d'une telle troupe également. Lord Gordon saisit son angoisse et le rassura :

« Naturellement, je reste le colonel en charge du régiment, le maintien opérationnel de ces hommes restera donc à ma charge. »

Le vicomte le remercia avec autant de ferveur qui le put, mais cela n'intéressa pas son interlocuteur qui coupa net la démonstration d'émoi.

« À présent, allons-nous reposer, demain une dure journée vous attend et mon épouse ainsi que mes filles sont absolument impatientes de vous revoir.

– Cette envie est réciproque, cela fait si longtemps que je ne les ai pas vues.

– Rassurez-vous, elles sont toujours égales à elles-mêmes ! Je dois vous avouer qu'elles me mènent la vie dure ! » Mais l'éclat dans son regard démentait ces paroles. Lord Gordon-Holles aimait cette remuante famille plus que lui-même.

Encore sous le coup de l'émotion, William eut beaucoup de mal à trouver le sommeil. Pourtant, quand il redescendit le matin pour le petit déjeuner, il était tiré à quatre épingles. Il rêvait depuis longtemps de revoir la duchesse Gordon-Holles. Les femmes représentaient le point faible de William. Il les aimait, trop d'ailleurs, pour réfléchir à toutes les conséquences de ses actes. Parmi toutes les femmes qu'il connaissait, la duchesse Gordon-Holles avait toujours eu une place à part dans son cœur. Elle avait été sa première émotion charnelle alors qu'il sortait à peine de l'enfance. Il n'avait pas choisi. C'était arrivé comme ça, inopinément. Après une chute, elle l'avait pris sur ses genoux et, avait caressé ses cheveux en fredonnant un air exotique. Il se souvenait d'un soleil éblouissant et d'un jeu de transparence. Alors qu'elle le consolait, il avait deviné les formes de sa poitrine et aperçu sa peau blanche, si douce, si tendre. Il n'avait jamais pu oublier cette sensation de joie mêlée de frustration. Il avait découvert le désir. Depuis, quand ses paupières se refermaient, toutes les femmes qu'il tenait dans ses bras prenaient le visage d'Eleanor. Alors, en dépit de l'amitié qu'il portait à lord Gordon-Holles, si l'occasion se présentait, il espérait tenter d'assouvir son envie et se libérer enfin de cette vision obsédante.

Quand il pénétra dans la salle de réception, il arborait le regard de l'homme fier de ce qu'il était devenu. Depuis les Amériques, il s'était aguerri et il comptait bien faire savoir à la duchesse qu'il n'était plus un enfant. Il la vit, perdue dans ses pensées, et il s'arrêta. Il ne voulait pas gâcher son entrée. Il hésita à tousser, puis finalement, se contenta d'observer en silence les traits de la jolie duchesse.

Eleanor ne l'avait pas remarqué. Elle était murée dans ses pensées, des pensées qui paraissaient prenantes, sombres, comme autant de démons qui la ron-

107

geaient de l'intérieur. Oui, Eleanor Gordon-Holles était ailleurs. Elle ressentait parfois le besoin de s'isoler, de réfléchir et personne ne pouvait prétendre percer sa carapace. Le seul à pouvoir récolter ses confidences était Marcus, son frère, sa moitié... Du moins quand il lui rendait visite. Or il ne venait pas souvent, pris dans des affaires nébuleuses dont il n'aimait pas trop parler...

Sa famille était de vieille noblesse écossaise : les Mac Bain. Un incendie avait coûté la vie à ses parents et à son patrimoine, le château familial au bord du loch Awen ayant été intégralement dévasté. Gregor Mac Bain, leur oncle, les avait sauvés elle et son frère Marcus, au péril de sa vie. Devant les ruines du château et les problèmes de succession, il avait fui avec eux, retournant à son île natale. Il les avait pris sous sa coupe et s'était chargé de leur éducation. Les deux enfants avaient vécu une grande partie de leur vie sur cette île isolée, au nord du royaume et à l'orée du monde : l'île de Warth.

Eleanor se remémorait souvent le froid et l'austérité du domaine. Ce souvenir la faisait frissonner. On n'oubliait jamais la morsure du gel et la douleur du sang perpétuellement glacé dans les veines. Personne ne venait jamais et les domestiques portaient servilement leurs physiques aux traces évidentes de consanguinité. Mais, cela lui avait forgé le caractère, elle s'était endurcie. Elle serait toujours reconnaissante à son oncle d'avoir pris soin d'eux et de leur avoir inculqué des valeurs familiales, un peu singulières, mais précieuses pour qui veut survivre. À l'âge adulte, Eleanor et son frère étaient revenus sur leurs terres ancestrales. Depuis, elle tentait courageusement de faire rebâtir le vieux château ravagé qui demeurait debout et ruiné, à l'instar du bonheur passé des Mac Bain.

Elle ne put s'empêcher de penser à son frère Marcus et comme toujours son cœur se serra… Lord Gordon-Holles le prenait pour un drôle d'énergumène. Il faut dire que Marcus passait son temps à guerroyer hors d'Angleterre, mettant sa troupe de mercenaires à disposition du plus offrant. Il ne servait ni roi, ni idéaux et agissait comme bon lui semblait. Il se disait libre et on le savait puissant. On aurait pu déchirer son titre qu'il n'aurait pas frémi, car il savait que les papiers ne faisaient pas les hommes. Son nom circulait dans toutes les cours d'Europe pour ses audacieux faits d'armes et sa fortune amassée en rapine et rançon. Il était vénéré comme un prince dans les contrées reculées de Poméranie et cela le rendait « persona non grata » aux yeux de la noblesse de son pays. Eleanor se moquait éperdument de tout ça, car elle était la seule à connaître le vrai Marcus et son secret, ce secret maudit qu'ils portaient depuis si longtemps…

Régulièrement, elle pensa à l'idée qu'on se faisait d'une vie normale car si le bonheur de ses filles l'emplissait de joie, il ne la comblait pas, loin de là… Pour l'heure, ce qui l'inquiétait le plus, c'était Sarah. Les cauchemars à répétition de sa fille étaient des plus étranges. Elle se réveillait en sueur, hurlant comme si sa vie en dépendait et ne se souvenait de rien. Certaines nuits de Sarah ne passaient pas inaperçues, surtout dans le château de sa belle-sœur. La famille craignait que son affliction ne devienne connue de tous et ne nuise à leur réputation. Mais ce n'était pas le spectre de la rumeur qui perturbait Eleanor. Les rêves sombres de Sarah pouvaient être les prémices de quelque chose de plus grave et de plus profond qu'il lui faudrait surveiller.

Le regard curieux de William posé sur elle la réveilla et elle lui fit signe d'entrer.

William approcha. Elle était là, souriante, parfaite,

plus belle encore que dans ses souvenirs. Il se souvint alors de la douceur de sa peau et de la forme de son sein, qu'il avait entrevu cette journée d'été. Cette forme féminine qui évoquait une poire un peu mûre ou une pomme, ce fruit tentateur... Pour la posséder, il se sentait prêt à renier tout ce qui le liait à la civilisation et bien plus encore. Il se souvint des conseils et des cours de son mentor, le marquis Fairly. Il les mit en œuvre immédiatement. En amour comme à la guerre, tout était affaire d'instinct et de proximité. L'objectif était simple : il fallait accrocher le regard de la personne que vous convoitiez, et obtenir un sourire. Aujourd'hui, il était invité et Eleanor lui souriait.

À la distance d'un regard, William devinait la silhouette, la finesse de l'éducation, la beauté du visage... La cambrure des reins. À mesure qu'il se rapprochait, il pénétrait doucement l'intimité de la personne.

Le marquis de Fairly lui avait enseigné que le second pas permettait d'observer mais qu'il ne fallait pas s'attarder et continuer d'avancer, encore, bien plus près, jusqu'à sentir les premières effluves de parfum, le premier artifice de la séduction. Il avança, déterminé. Les vapeurs du parfum d'Eleanor eurent un effet électrique sur son cerveau. Il avança encore. Toujours plus près, à la distance où il pouvait plonger ses yeux dans le regard de la duchesse et le sonder jusqu'au plus profond de son âme. Mais rien ne se produisit. Ses yeux n'écornèrent pas la muraille de la duchesse, pire, il se sentit mettre à nu.

Elle lui parla d'une voix douce et déterminée, rassurante. Une voix de femme qui a vécu. Il s'inclina devant elle dans un salut impeccable et lui souleva la main. Il arrêta son geste volontairement trop tard, juste après avoir effleuré la peau de la duchesse du bout de ses lèvres. Comme dans son souvenir, tout chez cette femme était perfection. Elle était née pour régner sans partage dans le cœur des hommes. Il appuya sa bouche, un peu trop longtemps. Si le regard ne cédait pas, il fallait l'aider un peu.

Eleanor excusa son geste faussement maladroit et d'un sourire lui dit gentiment :

« Il ne me semblait pas que les Amériques étaient si chaleureuses !

– Duchesse, l'émotion de vous revoir a trahi mon intention. J'espère ne pas avoir heurté votre pudeur.

– Je crois bien que vous avez fait pire dans ce château ! » s'amusa Eleanor. « Mais cessez de m'appeler ainsi et reprenons comme si nous ne nous étions jamais quittés, voulez-vous, William ? Vous voilà si bel homme aujourd'hui ! Quand je pense que je vous prenais sur mes genoux… Que votre mère doit être fière ! »

William s'inclina :

« Vous ne devriez pas flatter mon orgueil, les compliments sont si rares que je risque de devenir incontrôlable. Aux Amériques, mon esprit aimait à se remémorer les bons moments passés dans ce château et si rien n'a véritablement changé, je dois vous avouer que vous me semblez aussi resplendissante que dans mes souvenirs. Mais à propos où sont vos filles, Édith, Sarah et Mary ?

– Ne vous inquiétez pas, elles toutes sont impatientes de vous revoir, surtout que la présence de votre Indien occupe toutes leurs pensées. Vous pensez ! Elles sont pires que si le roi nous rendait visite en personne. Je n'ai pas voulu vous imposer tout ce bruit dès le matin, elles nous rejoindront plus tard, mais surtout, » Eleanor lui prit le bras, « je n'aime pas partager. Ce matin vous n'êtes qu'à moi. »

William sourit. La journée commençait bien. Assez vite, il comprit que la manœuvre de la duchesse était simple ; on ne refuse jamais un allié et il était assurément un. Elle se gardait bien de le dissuader d'être entreprenant mais le tenait à distance respectable. Au jeu du chat et de la souris, personne ne l'avait encore rattrapée. Cependant, William se lassa vite dans ce rôle de second plan. Il ne jouait pas par amour du jeu mais pour l'enivrement de la victoire. Certes, la voix de la duchesse et ses manières se voulaient envoûtantes, mais plus le temps passait, plus William comprenait que quelque chose de plus fort la retenait. À mesure qu'elle parlait, son visage s'éclairait, nu, sans parure ni far, sans protection. William en profita pour sonder le fond de son âme, qu'il sentait étrangement mélancolique. À mesure qu'il la comprenait, il devinait qu'une ombre noire planait sur sa vie. Il ne put deviner si c'était un sinistre secret ou un mauvais présage, mais cette femme portait un lourd fardeau. Un fardeau inavouable. Il comprit que tout espoir était inutile. Cette femme était déjà possédée.

À la fin du petit déjeuner, William prit pleinement conscience que son rêve d'enfant n'était rien d'autre qu'une chimère, un fantasme destiné à ne jamais être assouvi, un souvenir déformé pour être agréable. Au lieu de ressentir de la tristesse, il se sentit soulagé, allégé d'un immense fardeau. Inconsciemment, cette idée l'avait toujours obsédée. Pour lui, il n'y avait jamais eu qu'une seule femme possible et depuis, il la cherchait en vain. La mort de cette idée fit place à un sentiment beaucoup plus fort ; celui d'une profonde liberté.

-16-
Derrière le miroir

Château de Blenhum.

C'était une soirée parfaite. Avec le retour d'Eleanor, la salle à manger s'était parée de lumière et la table, mise avec soin, brillait de mille feux. William admira les chandeliers astiqués, la nappe blanche impeccable, le service parfaitement assorti, les fleurs ravissantes. La maîtresse de maison était revenue. Thomas était un homme chanceux, il avait épousé la femme parfaite : belle, élégante, raffinée.

Le regard de William se posa ensuite sur la plus jeune des filles du lord, Mary. Sa chevelure blonde et ses yeux clairs pétillants affichaient la volonté et l'énergie qui habitaient ce corps de presque jeune fille. La vie ne devait pas être de tout repos avec cette gamine ! Son intuition se confirma quand il la vit se chamailler avec sa sœur aînée, Édith. Cette dernière avait hérité du physique longiligne et distingué de son père. Sa petite sœur se moquait de son béguin pour un certain Prince de Waleska et l'autre semblait lutter conte l'envie de lui filer une gifle. William retint un sourire devant le tableau.

Son regard se tourna ensuite en direction de la cadette, Sarah. Elle était aussi belle que discrète et ses seize printemps ne semblaient pas de taille à lutter face à ce duo infernal. Pourtant, la jeune fille possédait des atouts imparables. Si elle paraissait plus que son âge, sa finesse, ses longs cheveux roux, son visage d'ange et sa silhouette gracile la faisaient ressembler à une porcelaine délicate. Son teint diaphane et son regard perdu donnaient l'impression d'une grande fragilité. C'est elle qui ressemblait le plus à sa mère, la détermination en moins. William la trouva ravissante et touchante.

C'était vraiment une très belle famille.

Pour le dîner, Cesare Fanelli et son fils Giacomo les avait rejoints à l'invitation de lord Gordon-Holles. Le fils de l'apothicaire était un étrange jeune homme dégingandé, aux cheveux noirs et aux yeux sombres. Mais ce fut son père qui intrigua le plus William. Cesare Fanelli, l'homme de l'ombre, l'homme des rapports, celui qui avait découvert l'assassinat d'Henry Tadwick. William comprit soudain pourquoi les messagers finissaient toujours mal ; on ne pouvait s'empêcher de se méfier d'eux. Cesare Fanelli portait sa cinquantaine avec austérité et sérieux. Mais quand il s'adressa à lui, William apprécia la chaleur de son regard et la simplicité de son discours. Sa méfiance se transforma en sympathie. Le repas, bien que protocolaire, fut un moment très agréable. William en apprécia la bonne chaire et chacun des protagonistes.

Après le dîner, la petite troupe se leva et William devint le centre d'attraction de toute la maisonnée. Au risque d'en rajouter un peu, il offrit des histoires de qualité et les spectatrices n'avaient d'yeux que pour lui. Eleanor souriait en regardant le jeu innocent de ces filles. Arrivée à une heure décente, elle dispersa la foule des curieuses avant d'offrir un thé à William. Tandis que Mary rejoignait sa chambre en sautillant comme une Indienne, Édith s'installa au piano. La musique se répandit alors dans le château, diffusant calme et sérénité. C'était le signal que progressivement les lumières allaient s'éteindre et que bientôt, il ne resterait plus que le pas des rondiers frappant le sol.

Les bougies des chandeliers avaient baissé, faisant

planer une lumière basse et intime. La nuit était tombée depuis longtemps et le son aigu du piano, associé à l'ombre sur les murs des grands bouquets de fleurs, donnait une ambiance baroque à la pièce. Détendu dans son fauteuil, William se mit à observer.

Son regard se perdit dans l'immense miroir qui lui faisait face.

Il admira Sarah, ses yeux clairs perdus dans le lointain, son air sombre. Sa beauté délicate, un brin ténébreuse, s'accordait parfaitement avec la pièce. Elle lui fit penser à ces fleurs qui s'épanouissaient la nuit que sa mère adorait ; Mirabilis jalapa, les belles de nuit…

Giacomo Fanelli, taciturne, couvait Sarah de son regard sombre. William comprit qu'il était amoureux de la jeune fille. Il semblait énervé par les deux mots qu'il venait d'échanger avec son père. Le pauvre… songea William, son combat était perdu d'avance. Il avait l'air intelligent, ce gamin, mais jamais il ne pourrait épouser la fille d'un lord.

Cesare Fanelli avait tourné le dos à son fils. Mais William put voir les sillons qui plissaient son front. Quelque chose le mettait en soucis, quelque chose en rapport avec Giacomo.

Enfin, l'œil perçant de William se posa sur Eleanor. Elle avait abandonné son masque. Son visage portait les stigmates de l'angoisse. Elle fixait Sarah de son beau regard, un regard de louve inquiète pour sa progéniture. Pourtant Sarah avait l'air en parfaite santé. Mais son langage corporel ne mentait pas, la pupille légèrement dilatée, les mains serrées, le corps aussi tendu qu'un arc : elle avait peur. Quand Eleanor sentit le regard de William sur elle, elle reprit immédiatement une posture altière et souriante.

Que se passait-il dans ce château ? L'ambiance lui

sembla soudain glaciale et il sembla à William qu'une ombre avait pris possession de la pièce, qu'elle s'étendait sur eux, et qu'il était le seul à la sentir.

Derrière le miroir, rien n'était tel qu'il paraissait. Mais une chose était certaine : Sarah attirait tous les regards. D'une façon qui n'avait rien à voir avec la normalité.

-17-
Sarah et Giacomo

Château de Blenhum.

Sarah attendit que la troupe se dissipe afin de passer un moment en tête-à-tête avec son ami Giacomo. Elle venait juste de rentrer d'un séjour chez son oncle, et Giacomo rongeait son frein sachant que ces endroits étaient des défilés de prétendants et l'antichambre de bien des arrangements matrimoniaux. À chaque voyage, il prenait le risque de la perdre. Un jour ou l'autre, un prince ou un duc demanderait sa main. Sarah, inconsciente des états d'âme du jeune homme, poursuivait ses babillages et était intarissable sur toutes les choses fabuleuses qu'elle avait faites.

« Mère m'a même autorisé à acheter de l'eau de rose. Regarde ! »

Elle plaça sa main en éventail, s'approchant de Giacomo pour qu'il puisse mieux sentir les effluves. Il se pencha et l'odeur de ses cheveux déclencha en lui une envie violente de caresser cette peau offerte. Sarah comprit trop tard que son geste innocent était en réalité très osé. Elle voulut se dérober mais cette présence masculine si proche la troubla.

Giacomo tentait maladroitement de dissimuler le désir que les lèvres de la jeune femme lui inspiraient, quand une autre sensation l'assaillit. L'espace d'un instant, il ressentit les mêmes effets qu'avec le corps d'Henry Tadwick. Quelque chose chez Sarah l'appelait. Soudain, une image frappa son esprit. Il eut la vision de deux Sarah identiques en tout point. Mais si la première étincelait de lumière, l'autre semblait éteinte, presque transparente, comme si la vie l'avait quittée. Il esquissa un mouvement de recul, incapable d'interpréter l'image qu'il voyait. Quand il s'éloigna, il s'aperçut qu'elle était aussi troublée que lui. Ils échangèrent un regard gêné et tentèrent de reprendre leur conversation. Giacomo voulut se donner l'air décontracté et toussa pour s'éclaircir la voix :

« J'ai beaucoup lu quand tu es parti… Notamment, certains livres que mon père enferme dans ses armoires.

– Oh ! Est-ce qu'il l'a remarqué ?

– Malheureusement, oui et il était furieux ! De toute façon, il ne pourra pas m'empêcher de chercher. Je suis persuadé que ces livres contiennent des explications sur tes rêves. »

Sarah fronça les sourcils.

« J'ai à nouveau fait ces cauchemars. Ils sont de plus en plus réels…

– Raconte… »

À cette évocation, le visage de Sarah prit la pâleur de la mort :

« Je suis dans une situation où le temps se ralentit. J'ai l'impression que je peux bouger et interagir mais cela me demande des efforts terribles. Quand j'essaie, mes muscles me font mal… Je sais que ce qui va se passer est horrible et je veux l'empêcher, mais je ne peux pas !

– Pourrais-tu me donner des détails ? » demanda Giacomo.

Sarah chuchota :

« Je… Je ne sais pas, je ne m'en souviens jamais. Je sais juste que c'est terrible !

– Écoute, je te ferai des potions pour t'aider à dormir… Maintenant je sais les faire, j'ai fait des expériences en cachette quand père était absent. » Sarah le regarda, surprise. Elle avait du mal à imaginer Giacomo, bravant les interdits.

Il l'entraîna dehors, par les grandes portes du salon.

« Viens, je vais te montrer quelque chose… »

Elle émit une légère plainte, car le mouvement brusque lui fit sentir une douleur à la jambe. Une fois arrivé à l'extérieur, le froid la saisit. Elle se blottit comme elle le put dans sa robe. Tandis qu'il l'entraînait plus avant dans l'obscurité, il désigna le ciel.

« Tu vois ces groupements d'étoiles ? Je les connais tous : Il y a Cassiopée, Orion par là, ici la Grande Ourse et devant c'est Andromède… »

Sarah frissonna :

« Giacomo, j'ai un peu froid…

– Je sais, je sais, mais attends : Regarde, tu vois son alignement ? Eh bien dans quelque temps, il sera parfaitement dans l'axe de cette étoile rouge, là-bas. Dans les livres de mon père, il est question d'une expérience, une sorte de sommeil provoqué, comme une transe. Elle permet de révéler la lumière cachée dans l'individu. Quand l'alignement sera parfait, j'ai pensé que peut-être, enfin si tu es d'accord, on pourrait essayer d'appliquer ce que j'ai lu. »

Elle le regarda, un peu effrayée.

« De quelle lumière parles-tu Giacomo ? Tu es sûr qu'il ne s'agit pas de sorcellerie ?

– Non, c'est plus de la science. Il s'agit d'énergies telluriques ou stellaires, je n'ai pas encore fini ma lecture. Tu sais, je crois que nous sommes différents. Moi aussi j'ai parfois la sensation d'être vraiment étrange, je sens des choses, comme si je pouvais lire dans le corps des gens… Enfin, de ceux qui sont morts… Bref, je suis sûr que je pourrais t'aider à comprendre tes cauchemars. Il faut que tu me fasses confiance.

– C'est dangereux ?

– Non… Sauf si on se brûle avec les bougies ! Il faut quelques ingrédients, mais pas de sang de bouc ou de choses étranges. Je te le promets. »

D'abord désemparée par l'idée, elle commença à la trouver intéressante.

« Mais comment veux-tu qu'on fasse, on va se faire attraper !

– Ne t'inquiète pas… Je m'occuperai de tout ! Ce n'est pas très compliqué. Le problème c'est qu'il faudra le faire la nuit. Pour le reste, il suffit d'attendre le bon alignement des étoiles, il nous faudra un peu de patience. Nous sommes différents des autres et il nous faut comprendre en quoi. »

Sarah repensa à ses cauchemars et se dit que finalement ce n'était peut-être pas une mauvaise idée. Que risquait-elle ? Giacomo lui faisait du bien. Il était son seul ami, le seul qui la comprenait vraiment, le seul qui n'avait pas peur d'elle. Si seulement il avait pu en plus être noble et beau ! Ses sentiments étaient partagés, elle ne savait pas pourquoi mais ce soir, de sentir sa peau et sa chaleur, l'espace d'un instant elle l'avait trouvé attirant…

Elle comprit combien elle aurait besoin de lui.

Elle ne se trompait pas.

-18-
La Mauvaise affaire.

Château de Blenhum.

Dans le bureau du lord, Cesare Fanelli était confortablement installé dans un fauteuil. Le major Duranhill du 86e régiment de chasse des Highlands, affecté à la surveillance du château, venait d'en sortir le sourire aux lèvres et les poches pleines. Cela n'aidait pas l'apothicaire à être de bonne humeur, bien au contraire. Comme à son habitude Thomas Gordon-Holles gesticulait, il avait expliqué à l'apothicaire que William savait tout de la quête. Cette annonce surprit Fanelli. Thomas répondit simplement :

« Vous verrez avec William tout va très vite… »

Cesare ne prit la peine de répondre. Son regard fuyait vers l'extérieur. L'espace d'un instant, son esprit s'était échappé. Comme à chaque fois, l'évocation même indirecte de William, le ramenait aux relations qu'il entretenait avec son propre fils. Thomas remarqua cette attitude et s'en enquit immédiatement :

« Que se passe-t-il, Cesare ? Vous avez des ennuis ?

– Rien de grave. Pour tout vous dire, Giacomo m'inquiète un peu.

– Est-il malade ?

– Non, non. Ses réactions, ses réflexions sont étranges. Voyez-vous, j'ai découvert qu'il m'empruntait des livres, des vieux livres et puis sa réaction en présence d'Henry…

– Votre fils grandit alors que nous, nous vieillissons ! Le besoin de se rebeller contre l'autorité est un sentiment normal. Ne vous inquiétez pas trop pour cela. Giacomo est l'élément le plus brillant de la contrée. Il vous dépassera et ce n'est pas rien. À votre place, je serais fier d'être son père comme je suis fier de le connaître. Il est promis à de grandes choses. Ne l'enfermez pas. Pour l'avoir pratiquée, je peux l'affirmer : la sécurité est la pire des prisons.

– C'est que, je n'en en ai qu'un…

– Un ou dix, on les aime tous de la même manière ! »

Cesare n'écoutait que d'une oreille. Comment Thomas pouvait-il comprendre ? D'ailleurs, qu'y avait-il à expliquer ? Lord Gordon-Holles reprit la conversation :

« Alors Cesare… Cette piste dont vous vouliez me parler, que donne-t-elle ?

– Je n'ai rien trouvé de probant. Cependant, un élément m'est apparu… Il faut lire entre les lignes et avoir beaucoup d'imagination… »

Cesare sortit un petit calepin en cuir de sa sacoche. Il commença par la liste des personnes qui avaient rendu visite à Henry dans les mois précédents sa mort. Globalement, tout le personnel de la maison et toute la famille d'Henry : au total presque un quart du village était sur ses listes. Pas d'inconnus, pas de mobile… Si ce n'était une anicroche.

Un jour, une sorte d'altercation s'était produite. Un remue-ménage avec la famille voisine : les Dengel. Deux décennies plus tôt et du fait de la sécheresse, Henry avait dû vendre des terres pour se renflouer. En bon paysan, il s'était débarrassé des plus mauvais lopins de terres et par une manœuvre habile, avait maquillé la mauvaise affaire en mine d'or. La famille Dengel succomba au chant des sirènes et acquit les parcelles en question ne découvrant que trop tard la supercherie. Quand la proposition d'Henry de racheter ces terres parvint à leurs oreilles, ils refusèrent, craignant de se faire flouer deux fois. La négociation dégénéra et des menaces furent échangées. Des menaces de mort.

« Les hommes et la terre ? Vous trouvez ça suffisant comme mobile ?

– Pas si vite… Figurez-vous que j'ai pratiqué l'évaluation financière de l'opération. D'après ce que nous en savons par son banquier, Henry avait réuni des sommes importantes pour cette opération. Tout est noté dans ce rapport. »

Thomas saisit les documents et lu minutieusement chacun des chiffres. Lorsqu'il leva la tête l'air interloqué, le sourire de Cesare l'accueillit. Lord Gordon-Holles s'étonna ouvertement :

« Cesare je ne comprends pas… Cette opération financière est des plus mauvaises. Quel intérêt aurait eu Henry à s'endetter autant pour cela ? C'est une absurdité économique !

– Tout à fait ! C'est la conclusion à laquelle je suis moi-même parvenu. » Répondit Cesare.

À cette réponse, Thomas changea de tête.

« Vous croyez qu'il y a anguille sous roche ?

– Disons que je vois mal Henry faire volontairement une mauvaise affaire et comme je ne comprends pas, je vous en parle.

« Je suis partagé… » Souffla Thomas en se servant un verre de Brandy bien tassé. « Je ne peux m'empêcher de songer que sa mort a un lien avec notre affaire et là… Des paysans et de la terre… Votre piste est un peu exotique et hors sujet…

– Vous avez mieux ? »

Lord Gordon-Holles se renfrogna et fit la moue. Cesare Fanelli disait rarement ce qu'on voulait entendre et se bornait à son avis, souvent tranché. En cela, il frôlait très souvent l'insolence. Lord Gordon-Holles changea de sujet :

« Et le testament brûlé d'Henry Tadwick ?

– J'ai examiné les cendres dans la cheminée. C'était bien du papier et de l'encre, voilà tout ce que je peux vous dire. Était-ce un testament ? Qui l'a fait disparaître ? Nous n'avons rien, il se peut que ce soit Henry lui-même. »

Lord Gordon-Holles se frotta la tête et regarda vers le ciel qui s'était paré de son manteau étoilé. Quelle belle nuit ! Il aurait bien fumé un cigare sur la terrasse si le temps n'avait été si frais. Il fit une longue pose et déclara :

« Va pour les Dengel… Nous en parlerons à William. Des nouvelles du marquis de La Roya et de notre correspondant monsieur de Hautecoeur ?

– Monsieur de Hautecoeur est surveillé de près, notre préfet y veille… Il a quitté Londres pour Portsmouth. »

Un détail traversa l'esprit de l'apothicaire. Il s'empressa de le confesser avant de l'oublier à nouveau.

« Au fait, j'ai vu votre majordome aujourd'hui. Il est venu m'acheter des produits un peu curieux… »

Lord Gordon-Holles haussa les épaules. Voilà déjà bien longtemps qu'il avait renoncé à comprendre Mycroft. En dehors de ses compétences pour les affaires protocolaires et la gestion du personnel, rien chez lui ne l'intéressait. Il chassa cette pensée sans importance, comme on fait fuir un insecte bruyant. Il se remit à réfléchir à William. Comment réagirait-il ? Il était si surprenant… De toute façon on le saurait bientôt, il l'entendait marcher dans le couloir. Lorsqu'il frappa à la porte, lord Gordon-Holles l'accueillit :

« William ! Installez-vous. Je vous, présente, je devrais dire, à nouveau Cesare Fanelli ! »

L'apothicaire se leva et lui tendit une main qu'il voulait chaleureuse. William la serra et sourit. Quand lord Gordon-Holles eut fini les mondanités d'usage, il déclara qu'ils étaient là pour répondre à toutes ses questions et mettre carte sur table. Au fond de lui, William pensa : « Enfin ! »

L'acte deux de la pièce de Thomas débutait.

Rêve de chair

Château de Blenhum, chambre de Sarah.

« Bonsoir Sarah. »

L'homme qui se tenait en face d'elle lui parlait d'une voix douce. Comme un père s'adressant à son enfant qui ne voulait pas de sa soupe, il tentait de la convaincre de commencer son plat. Vêtu d'un costume de soie bleue scintillant de perles, d'or et de pierres précieuses, il était beau comme un dieu. Il devait avoir une trentaine d'années et prenait soin de sa personne comme en attestaient sa barbe fine et ses cheveux bruns et brillants. Il sentait les épices et le jasmin. Elle n'avait jamais vu de Perses ou d'orientaux mais si tous ressemblaient à celui qui se tenait devant elle, cela devait être une région fascinante. Les yeux bleus de l'homme étaient clairs et profonds. Quelque chose luisait à l'intérieur, comme une étoile. Elle décida de s'abandonner dans ce regard tentateur. Elle se sentit tomber. D'abord elle eut la sensation de flotter, comme un doux vertige. Puis rapidement, tout s'accéléra. Comme attirée par la lumière, elle fila dans le vide à toute allure. L'homme apparut de nouveau et lui sourit.

« Sarah, pourquoi résistes-tu ? Mange… »

Alors qu'elle regardait le plat qui se trouvait devant elle, elle découvrit un morceau de viande crue et sanguinolente. Gisant au milieu de l'assiette, il était présenté dans sa plus simple expression. Cela lui donna envie de vomir. Pourtant, elle avait les couverts dans les mains. Ils étaient dressés vers le ciel et semblaient impatients de découper le bout de chair. Elle ne se rappelait pas les avoir saisis, or ils étaient bien là, dans chacune de ses mains. Elle voulut les déposer mais de nouveau, l'homme apparut vêtu d'une tunique de soie jaune. Elle le regardait un peu surprise, car ses yeux étaient maintenant d'un vert saisissant. Il insista.

« Sarah… tu n'es pas raisonnable… »

Comme mue par une force invisible, les couverts se dirigèrent vers l'assiette. Lorsqu'ils touchèrent le morceau de viande, la pression s'arrêta. Le bout de chair crue n'avait pas bougé. Elle voulut partir, mais elle était bloquée dans sa tête.

« Si seulement tu me faisais confiance, tout cela ne serait pas nécessaire. Tu refuses ce que tu es…»

Dans un effort désespéré, elle fixa son interlocuteur. Son costume était devenu rouge étincelant. Ses yeux de la même couleur la pourfendaient de part en part. L'homme saisit la nappe et la fit voler. Sarah scruta à nouveau son assiette et vit qu'elle n'avait plus de fond. Elle était posée sur un corps humain ! L'homme en face d'elle lui souriait à présent.

La terreur la gagna jusqu'aux os. Soudain, contre sa volonté, ses yeux remontèrent les jambes du cadavre. Ils arrivèrent maintenant à la taille et comme elle refusait de regarder, ils lui faisaient mal. Sa volonté luttait contre son corps. La vision du muscle saignant dans son assiette disparut. Elle s'aperçut que le corps qu'elle devait manger était vêtu d'une robe blanche, comme un linceul. Alors qu'elle allait découvrir son visage, elle détourna à nouveau la tête. Elle n'avait pas le courage… L'homme le perçut et lui intima de regarder. Elle suivit la dentelle de la robe, qui lui semblait familière. C'était une jeune fille jeune et elle portait un médaillon semblable au sien. À l'approche de son visage, elle hésita. Le spectacle était horrible, la tête cachée par de longs cheveux roux était à moitié dévorée. D'un geste, la main Sarah releva les cheveux roux du visage déchiqueté. C'était elle-même ! Lorsqu'elle se reconnut, elle poussa un cri d'horreur, interminable.

Elle se réveilla en sursaut, le cœur battant à tout rompre. Elle était dans son lit, à l'abri. Elle redouta le jour où elle mangerait ce qui restait du corps. Car elle ne pouvait refuser éternellement.

-20-
Les Présentations indiennes

Château de Blenhum.

Abraham tentait vainement d'émerger d'un sommeil de plomb. Il avait la bouche pâteuse et mal au crâne. Lui d'habitude si prompt à se lever sentait que la journée allait être difficile. Il tira paresseusement le rideau pour voir le temps afin de trouver une motivation valable. Le temps anglais reprenait ses droits. La pluie qui tombait annonçait une journée maussade. Il se sentait fatigué, sans savoir pourquoi. Ils avaient dû changer de vin, il supportait mal celui-là.

« Et bien tant pis, je reste au lit ! » se dit-il. Il se recoucha avec soulagement. Il entendit un grattement discret à sa porte. Il avait oublié qu'il devait assister au déjeuner avec la progéniture précieuse du lord. Il souffla et se força à se lever. William l'attendait en bas de l'escalier car dans la pièce d'à côté, les jeunes demoiselles s'impatientaient. La tension montait de plus en plus, à tel point qu'Eleanor en vint à demander des nouvelles. En grommelant, Mycroft partit en déclarant qu'il allait se renseigner. Un instant, il se demanda s'il n'avait pas forcé sur la dose, la veille, quand il avait mis des gouttes de la potion dans le dîner de l'Indien. Mais peu après, les deux protagonistes firent leurs entrées et Mycroft eut un petit soupçon de regret…

Le déjeuner débuta dans un silence gêné. Abraham sentait tous les regards posés sur lui, mais cela n'entama pas son appétit. L'ambiance était pesante, chacun se demandant qui oserait le premier adresser la parole à l'Indien. Mary, ne tenant plus, demanda à brûle-pourpoint, en articulant bien chaque mot :

« Vous parlez notre langue ? »

Abraham demeura interloqué devant la question. Il répondit en roulant de gros yeux, en direction de Mary. Celle-ci eut un mouvement de recul et Abraham se retint de sourire :

« Oui, milady. Je parle également le Français, le Mohawk, et j'ai des notions de latin également.

– Ça alors ! Mais qui vous a appris tout ça ? »

Abraham fit la grimace. S'il avait été honnête, il aurait répondu que la douleur lui avait appris à parler toutes les langues. Il revit, un instant, les corrections qu'il avait subies chaque fois qu'il écorchait un mot de latin ou que son accent ne s'effaçait pas assez vite. À chaque son où le Mohawk perçait trop en lui, il était repris. Mais il se contenta de répondre :

« Les Jésuites. Mon père était français, un coureur des bois, et ma mère, une Indienne. Mon père ne sut sans doute jamais qu'il avait un fils, et ma mère confia mon éducation aux religieux, espérant pour moi un meilleur avenir. »

Les filles de Thomas étaient effarées. Édith, de son air sage, ne put s'empêcher de demander :

« Vous n'avez plus jamais revu votre mère ? » Abraham sourit devant la naïveté de la question. Comment expliquer à des jeunes filles gâtées par la vie, qu'il existait un monde où les êtres humains étaient traités pire que des animaux… Et le sort de leur progéniture n'était pas davantage enviable. Il fit la grimace avant de dire :

« Elle a fait ce qu'elle a pu. Ce genre de considérations ne rentrent pas en ligne de compte. Seule importe la survie de votre enfant et quand il n'est ni blanc, ni Indien… »

William se gratta la gorge pour couper court à la discussion qui menaçait de ne plus être très convenable. Mais Mary ne comptait pas en restait là, et dit, d'un air exalté :

« Mais c'est injuste ! Moi je trouve les Indiens fascinants…»

Eleanor leva les yeux au ciel. Dans cette maison, on s'exprimait un peu trop librement et leur père, Thomas se moquait bien trop des convenances. Elle rabroua ses filles :

« Un peu de tenue ! »

Mary fit comme si elle n'avait rien entendu et demanda à Abraham :

« Vous êtes resté là-bas jusqu'à quel âge ? »

Abraham pensa : « Jusqu'à ce que je puisse partir ! »

Par deux fois, il avait tenté de s'enfuir. La liberté lui manquait trop, il avait eu envie de courir à travers les grandes plaines sauvages ou de traverser la forêt, dont l'immensité n'avait d'égale que le ciel. Les plafonds du monastère était trop bas et l'ambiance trop austère pour lui, il se sentait enfermé. La vie d'agriculteur ne lui convenait pas. Comme, en plus de ça, il ne savait pas tenir sa langue et qu'il usait des poings un peu trop souvent, il finissait invariablement puni et ses libertés amoindries. Abraham n'avait pas tenté le diable. Il savait qu'un jour, il serait assez grand et fort pour être libre. Il avait fini par s'y faire et on le laissait tranquille, car on craignait son regard de fauve mais pour certains, moins chanceux, ça n'était pas la même histoire. Non, décidément, ça n'était pas un bon souvenir. Il sourit à l'assemblée et dit, d'un air malicieux :

« Jusqu'à ce que je sois assez grand pour partir. J'ai été trappeur autour des grands lacs, puis, à la suite de quelques problèmes avec les Français, je suis descendu dans le sud. Là, je me suis engagé dans l'armée de sa majesté comme éclaireur. Où je fis la connaissance de William. » Il se retourna vers ce dernier. « Tu racontes notre rencontre ? » Les filles tapèrent dans les mains d'excitation, et William le regarda de travers. Comment aurait-il pu raconter qu'il était tombé sur Abraham en prison...

Abraham admira tous les efforts de William pour se sortir de cette situation délicate. Il le trouva plutôt doué. Les filles riaient, même Eleanor, toutes sous son charme. Sauf une, Sarah, la plus discrète. Elle avait la beauté de sa mère. Pourtant, quand il croisa son regard, il eut un frisson. Cette jeune femme possédait en elle une force à la fois brutale et muselée. Il baissa les yeux le premier et se sentit un peu vexé de ne pas tenir le regard d'une gamine. Elle avait quelque chose d'étrange qu'il ne pouvait expliquer. Elle lui rappela, l'espace d'un instant, la shamane de son village, que sa mère l'avait amenée voir avant de le confier aux Jésuites. Il était petit, mais il n'avait pas oublié. C'était une vieille femme à la peau ridée couleur bronze. Son air sévère et ses yeux noirs comme la nuit l'avaient terrorisé. Mais elle lui avait parlé d'une voix douce. Elle l'avait contemplé longtemps, avant de lui annoncer qu'il serait fort comme un bœuf et qu'il aurait un destin particulier. Elle avait souri, de son sourire édenté, et elle avait murmuré, dans son oreille : « La magie te cherche et elle te trouvera. Elle trouve toujours le chemin... » Il n'oublierait jamais cette phrase. Il en avait gardé une peur viscérale du surnaturel. Sarah avait la même présence un peu magnétique, le même sourire mystérieux.

Il chassa ce souvenir. Il revint à la conversation, faisant le spectacle, racontant des histoires indiennes sur les caribous, les castors et les manitous et ce tout qui lui passait par la tête, y compris ses blessures dans le combat contre un reptile géant et un sanglier monstrueux. « Comme Héraclès », déclara Mary, toujours prompte à étaler sa culture antique.

William et Eleanor s'étaient éloignés pour discuter tranquillement, loin des piaillements aigus des filles du lord. Abraham semblait maîtriser la situation.

À leur retour, ils trouvèrent Abraham, torse nu au milieu du salon, qui exhibait sa puissante musculature et ses tatouages. À ses pieds, se tenait Mary, subjuguée. Eleanor, pourtant habituée aux facéties de sa progéniture, en eut le souffle coupé. D'autant que le corps de l'Indien présentait des traces de luttes, que les adolescentes touchaient des doigts, ravies d'avoir la permission… sion…

La stature du géant semblait venir d'un autre monde tant ses muscles étaient saillants et durs. Le dieu Mars réincarné dans le salon, comme le prétendait Mary.

William, effaré devant la scène scandaleuse, dit à Eleanor :

« Veuillez pardonner les manières de mon ami… »

Pendant qu'il cherchait ses mots, Abraham continuait d'exhiber fièrement ses biceps, devant ce parterre de jeunes filles qui oscillaient entre la peur et l'émerveillement.

« Et le dérangement… »

Mary, pourtant la plus jeune, eut une envie irrépressible. Elle aurait tué pour lui toucher les fesses ! Elle se mit à les fixer et à avancer ses mains vers la cible. Doucement, elle se rapprocha de l'objectif tant convoité. D'abord surprise, Eleanor reprit :

« Eh bien, la baignade ne doit pas être évidente tous les jours avec un tel ami ! »

Puis, elle gronda comme une louve sur sa meute :

« Mesdemoiselles, est-ce ainsi qu'on se comporte en société ? »

Les filles levèrent le nez en direction de leur mère. C'est le moment que choisit Mary pour passer à l'action. Personne ne remarqua son geste car, tous les regards convergeaient vers Eleanor. Mais Mary se promit de ne jamais oublier ce moment interdit. Édith répondit, gênée :

« Mais, mère, nous ne faisons rien de mal !

– Vraiment ? Ce monsieur est torse nu dans le salon et vous n'y êtes pour rien ? Je ne parle même pas de vos manières, mes chères. Prions pour que votre père n'en sache jamais rien ! »

Les moineaux se dispersèrent aussi vite qu'ils s'étaient rassemblés, sauf Mary qui se déplaçait avec la lenteur d'une personne prise dans ses pensées. William tendit sa chemise à Abraham qui l'enfila doucement. Devant l'air réprobateur de son ami, il haussa les épaules et finit de s'habiller. William déclara :

« Il vaut mieux que nous nous hâtions de partir avant qu'on nous jette dehors…

– Tu es jaloux… Parce que tu as remarqué comme la duchesse me regardait.

– Tu ne devais pas partir à la chasse, toi ? »

Croix de bois, croix de fer

Château de Blenhum, chambre de Sarah.

« C'est très bien Sarah… »

Encore cette voix suave, encore ce rêve. Sarah avait un goût métallique dans la bouche. Elle redoutait de pencher la tête vers le bas, car elle savait ce qu'elle y trouverait. Le poids des couverts dans ses mains ne trompait pas. La fourchette quitta sa bouche et elle sentit la chair froide glisser le long de sa gorge. Elle pensa : « Mon dieu ! Qu'ai-je fait ? »

Devinant ses pensées, une voix résonna dans sa tête.

« Tu n'as rien fait de mal… Tu te libères.

– Non, non, je ne veux pas manger cela !

– Sarah ! Attends ! »

Elle n'écoutait plus. En dépit de l'effort que cela exigeait, elle s'enfuit dans le noir. Rapidement, elle se retrouva dans l'obscurité. Il faisait froid. Tremblant de peur, elle commença à marcher dans le vide. Alors qu'elle errait sans but, elle sentit des ombres roder. Elle s'arrêta et scruta le néant. Une ombre sembla passer si près qu'elle sentit son souffle sur sa nuque. De plus en plus terrorisée, elle reprit sa course effrénée. Cherchant un endroit où se cacher, elle remarqua une intense lumière. Le halo l'attirait comme un aimant. Bien que l'étoile semblât très éloignée, elle s'en approcha très vite. Au milieu de ce vide, l'astre ressemblait à une énorme bulle d'eau luminescente. Flottant dans le décor, la bulle n'avait pas de forme définie, comme en impesanteur. Elle remarqua qu'à l'intérieur, il se passait quelque chose. L'image était floue. Elle approcha jusqu'à pouvoir la toucher.

Elle vit apparaître une personne sale et famélique, attachée à une croix en forme de X. Sarah ne pouvait pas reconnaître ses traits mais les formes qui sortaient de sa chemise ouverte, indiquaient une femme. Ses longs cheveux châtains étaient tenus par un reste de tissus bariolé, de rouge et de vert comme le tissu de sa robe. À l'intérieur de la bulle, les cris résonnaient. La pauvre créature semblait terrorisée et malgré ses tentatives, ne pouvait se libérer. Sarah crut entendre sa complainte, étouffée par le coton et un papier dans la bouche.

« Par pitié… je vous en supplie.

– Margaret… écouter aux portes est dangereux ! Si la vicomtesse l'apprenait, notre action serait compromise ! D'ordinaire, je me contente de mendiants. Mais je ne peux pas vous laisser en vie, vous le comprenez, n'est-ce pas ? »

Soudain, un homme en robe de bure noire, apparut. Sans doute un moine. Il se dirigea vers celle qui l'implorait et remit le bâillon en place. Puis l'homme se figea et regarda en direction de Sarah, comme s'il sentait sa présence. Elle poussa une exclamation de surprise, cependant, elle comprit que le moine ne pouvait pas la voir. Il reprit ses occupations. Au milieu de la bulle, un jeune homme blond était couché dans un lit. Inanimé, blanc, il semblait mort. Le moine brandit ses mains au ciel. Il traça des symboles étranges sur le torse de la femme qui se remit à hurler. Les incantations débutèrent. Ses supplications cessèrent quand le moine lui trancha la gorge. Son sang coula le long de son corps et tomba dans un récipient. Afin d'accélérer la récolte, il lui trancha la cuisse. Rapidement tout le sang de la femme se retrouva dans l'urne. Avec l'opération, elle s'était transformée en une sorte de momie putride.

Le sang recueilli, les étoiles apparurent dans le ciel. L'incantation continuait de résonner. Un rayon lumineux frappa l'urne et l'intérieur se transforma en une boule incandescente. Le sang disparut totalement du récipient pour prendre la forme d'un cristal. À la fin il ne resta plus que lui, scintillant comme une étoile victorieuse. Le moine le prit dans ses mains et le positionna sur le ventre du jeune homme. Puis, il traça des symboles étranges sur le torse et reprit son sortilège. Il émanait une énergie qui semblait provenir de la femme sacrifiée. Le corps du jeune homme l'absorba avec avidité. Son teint vira du blanc à une couleur chair et la vie émana à nouveau de sa personne. Maintenant, il semblait plongé dans la quiétude du sommeil. Le spectacle terminé, Sarah se sentit à la fois écœurée et fascinée. Était-ce encore un rêve ?

Autour d'elle, les ombres se rapprochaient. Cette fois, elle était encerclée. La panique la saisit. Ne sachant où aller, elle recula. Les ombres avançaient sur elle. Elle s'arrêta quand ses cheveux touchèrent la bulle, lui procurant une sensation étrange. Elle se retourna et vit qu'elle était tout contre. Apparaissant comme sa dernière chance, elle avança sa main dans la direction de la bulle avec l'intention de la traverser pour s'enfuir. Arrivée à quelques millimètres, elle hésita. Les ombres la menaçaient, de plus en plus proches. Elle se retourna et vit une ombre se jeter sur elle.

« SARAH ! Calme-toi ! Ce n'est qu'un rêve ! »

Sa mère la tenait dans ses bras. Les yeux hagards, elle tremblait.

« Chut, c'est fini. Ce n'est qu'un cauchemar. Rendors-toi… »

Se rendormir… Quelle idée ! Avec les ombres qui

guettaient, il n'en était plus question.

« Mais… tu saignes ! Ouvre la bouche ! »

À moitié consciente, Sarah ouvrit la bouche. Elle sentit le mouchoir de sa mère sur sa langue.

« C'est étrange, fais voir ? Non il n'y a rien. »

Eleanor sortit un mouchoir taché de sang. Elle le replia rapidement pour ne pas inquiéter sa fille. Sarah murmura :

« Tu peux simplement rester le temps que je m'endorme ?

– Bien sûr.

– Merci, maman. »

Eleanor prit sa fille dans les bras, le front soucieux. Sa fille avait-elle hérité du fardeau de sa famille ? Non, ce n'était pas possible… Sarah ne pouvait être une Nécromancienne, elle n'avait pas de jumelle !

-22-
Le Don de Giacomo

Village de Greyford, proche de Blenhum, boutique de l'apothicaire.

Cesare Fanelli soupira. Ce crachin anglais le déprimait. Son sang latin n'était pas fait pour cette humidité permanente. Il songea à son village, perché sur une des collines de Rome au milieu des fleurs d'orangers. L'été, la chaleur était écrasante, il n'y avait pas d'autre alternative que la sieste sous un cyprès ou une glycine paresseuse. Il se rappela la sensation de plénitude de ces moments, après le traditionnel repas dominical et le goût de l'olive et du basilic. Les couloirs dorés du Vatican et sa passion pour ses missions sacrées n'avaient pu lui faire oublier cela. Et quand il regarda par la fenêtre inondée, il prit conscience que son paradis latin lui manquait.

Il entendit le marteau frapper la cloche de la boutique. Affichant un air affable, il alla accueillir le visiteur, qui était en fait un coursier. Celui-ci lui tendit un courrier venant d'Italie. Il aurait reconnu le papier entre mille. Il ne put s'empêcher de humer le pli, comme si les senteurs boisées de son pays avaient pu voyager. L'odeur du cheval mêlée à celle du papier mouillé le déçut. Avisant l'air ahuri du coursier, il prit conscience du caractère idiot de son geste. Il donna une pièce au jeune homme et voulut s'isoler pour prendre connaissance du pli. Il chercha son fils pour le remplacer. Giacomo avait une fâcheuse tendance à disparaître depuis quelque temps. Il s'isolait de plus en plus souvent et prenait des airs de conspirateur qui énervaient profondément Cesare.

Depuis qu'il l'avait surpris dans la remise secrète où il conservait ses livres interdits, le doute n'était plus possible. Giacomo cherchait des réponses aussi inquiétantes que les titres de ces vieux volumes. Ceux-ci évoquaient les mystères des religions, le diable et tout un tas d'histoires pas très catholiques, qui n'étaient pas faites pour un public peu averti comme pouvait l'être un adolescent. Pris en faute, ce dernier avait haussé les épaules en prétendant avoir le droit de s'instruire. Cesare sentait bien qu'il couvait trop son fils depuis la mort de sa mère, mais il y avait de bonnes raisons à cela.

Arrivant dans le salon, il finit par le trouver en train de lire un traité d'astronomie de Galiléo Galilei. Au moins cela ne représentait pas une lecture trop dangereuse. Il lui enjoignit d'aller garder la boutique, car il avait un travail urgent à accomplir. Giacomo se dépêcha d'obéir à son père, non sans emporter son livre. Le temps passerait plus vite. Cesare s'enferma dans son atelier et décacheta soigneusement le pli.

Une heure plus tard, il était toujours assis, la lettre dans les mains. Une barre lui plissait le front, ce qui était chez Cesare, la preuve d'une intense concentration. Une fois n'est pas coutume, il s'était servi un verre de son vin toscan favori qu'il faisait venir de Sienne. Il avait besoin de réflexion et d'un remontant en même temps. De tous les remèdes qu'il connaissait, celui-ci était le meilleur. Un peu de sang d'Italie. Il ne le criait pas sur les toits, cela aurait fait mauvais genre mais enfin, tout le monde avait le droit à son petit péché de temps à autre.

La lettre venait de Sant'Agatha. Salvatore lui avait répondu aussi vite qu'il l'avait pu. S'agissant de l'oncle de Donna, Cesare ne douta pas de l'effort que cela avait exigé. Salvatore Ferramo était à présent un vieil homme, qui vivait reclus dans un village de la montagne. Il faisait office de patriarche de la famille de son épouse décédée, mais il passait aussi pour un vieux fou. Cesare n'avait jamais rencontré quelqu'un d'aussi érudit et s'il avait un moment douté de sa lucidité, la découverte des reliques l'avait fait changé d'avis. En vieillissant, Cesare avait pris conscience que la vie était remplie de mystères que même la foi la plus pure n'expliquait pas. Voilà pourquoi, il s'était adressé à lui. Il se disait à Sant'Agatha, que les ancêtres de Donna Ferramo, la mère de Giacomo, avaient le pouvoir de guérison. Les aînés, de générations en générations, s'étaient transmis ce savoir ancestral. Les gens venaient de loin pour se faire soigner et la réputation de cette famille était venue à l'oreille du Vatican.

C'est à cette occasion que Cesare rencontra sa future épouse. Rome l'avait alors envoyé afin d'enquêter sur la véracité de ces rumeurs et surtout de les faire taire. Les miracles ne sont miraculeux que s'ils sont autorisés. Cesare, alors jeune et plein de certitudes sur la vie et sur Dieu, s'était rendu dans ce village des Apennins, en pensant qu'il ne s'agissait que de contes pour bonnes femmes. Il pensait justifier par la science et la religion toutes ces fadaises sur leur prétendu pouvoir de guérison. De fait, tout son travail consistait à expliquer par des méthodes empiriques que Dieu seul pouvait accomplir des miracles et décider de la santé d'autrui. C'est alors qu'il rencontra Donna… Donna et son parfum de pivoine, la beauté de ses mains fines et la douceur de son regard sombre. Toutes ses convictions s'effondrèrent. D'abord, Dieu ne fut plus le seul amour de sa vie. Ensuite, les connaissances de la jeune femme l'éblouirent, car elle comprenait le corps humain mieux que les meilleurs médecins du Vatican.

Ce don était naturel, elle n'avait rien eu à apprendre. Enfin, elle ressentait tant d'empathie pour les pauvres gens qui venaient mander son aide, qu'elle en ressentait en son sein, toutes les émotions. Il perdit ses certitudes, mais il gagna en ouverture d'esprit et surtout, il trouva une épouse qu'il chérit toute sa vie, jusqu'à ce que Dieu la rappelle à lui. Giacomo n'était encore qu'un enfant aux yeux des hommes. Cesare en vint à douter que sa femme ait eu un don, si elle n'avait pu se guérir elle-même. Il mit en faute sa foi également, que le temps se chargea de lui rendre, bien qu'un peu élimée.

Il relégua ces histoires de miracle familial au fond de sa mémoire et les oublia, pris par le rythme des années. Jusqu'au décès d'Henry et au jour où Giacomo se conduisit étrangement avec le corps de ce dernier. Son instinct lui dictait que c'était au-delà de la science, que les facultés de son fils dépassaient la normalité des choses. Il avait entendu les légendes familiales par Salvatore sur l'étrange pouvoir des Ferramo. Un ancêtre parlait aux morts, un autre soignait les vivants avec des remèdes miraculeux, certains lisaient dans les étoiles afin de comprendre les signes d'un futur incertain… Mais tous faisaient le bien. Quand il se rappela ces légendes et au vu des récents événements, il fut bien forcé de faire le lien avec son fils, même si cela lui déplaisait.

La réponse de Salvatore lui refusait tout doute. Giacomo était un guérisseur. Comme ses ancêtres. Mais si leurs pouvoirs s'étaient étiolés au fil du temps, lui semblait curieusement les cumuler. Salvatore considéra cette nouvelle comme la preuve que la tradition ancestrale ne s'était pas éteinte et loua le ciel de cela. Connaissant Cesare, il lui déconseilla de museler les aptitudes du jeune homme, arguant que ces dons étaient trop précieux pour les faire taire. Ce qui ne fit pas l'affaire de Cesare. Car les circonstances étaient différentes. Il avait convaincu Henry de lancer son fils dans la bataille concernant les reliques, mais s'agissant de Giacomo, il n'en était pas question. Il était bien trop jeune et cette affaire était bien plus compliquée qu'il n'y paraissait. Bien plus dangereuse aussi. Les forces en présence n'étaient pas de celles que l'on pouvait maîtriser. Il l'empêcherait de s'approcher de cette histoire.

Mais, il avait oublié que les voies de Dieu étaient impénétrables.

23

Carmen

Roulotte de Carmen la gitane.

Abraham se demandait encore dans quelle galère il s'était fourré. Un petit groupe de soldats l'avait convaincu de participer à un concours de bras de fer. Après un premier refus, la perspective de rencontrer de jolies demoiselles aux mœurs accommodantes l'avait fait changé d'avis.

Les présentations furent faites sur la route. Le groupe de soldats écossais se composait de Finch, La Mèche, Cat et La Touffe. De tous, Finch semblait être le plus motivé. Malgré ses efforts pour se contrôler et apparaître au-dessus de tous soupçons, son regard trahissait un irrésistible penchant pour toutes les affaires aussi peu rentables qu'honnêtes. Le sourire aux lèvres, il en était certain, Abraham reporterait le tournoi de bras de fer. Assis juste derrière lui, La Mèche jouait avec ses silex. Il devait son surnom à ses anciennes fonctions de grenadier, pour lesquelles il avait gardé un attrait certain et quelques sinistres cicatrices. Cat était le plus raisonnable, c'était sur lui que tout le monde comptait quand Finch s'emballait un peu trop. Le dernier, La Touffe se targuait d'avoir une chance de tous les diables. Une fois, il avait échappé à la capture, en se dissimulant dans un champ d'herbes à vache plus plat qu'un ventre de bagnard. De cette histoire, il avait gardé ce surnom étrange, la seule explication logique étant que sa tête avait la forme d'une touffe d'herbes.

La carriole ralentit et déposa Finch, Abraham et La Mèche devant le camp d'une certaine Carmen, avant de reprendre la route. Carmen était respectée dans le milieu. Les gitans la considéraient comme une reine et ses talents justifiaient de lointains déplacements. Il n'était pas rare que des personnes parcourent des centaines de lieues pour bénéficier de ses soins. Mais ce soir, devant la roulotte, Abraham se demandait vraiment ce qu'il faisait là. Finch lui expliqua que Carmen était la meilleure pour préparer au combat et que ses pouvoirs le rendraient invulnérable. Abraham commençait à trouver la situation vraiment étrange, mais Finch le poussa à l'intérieur de la roulotte en refermant la porte derrière lui.

Une ambiance nébuleuse emplissait la pièce. Il lui fut ordonné de se débarrasser de ses bottes ce qu'il fit à grand mal, craignant de casser quelque chose. Il se déplaça ensuite dans la direction qu'on lui indiqua, observant avec angoisse les objets osciller de tous côtés. Il observa avec surprise le nombre de rubans suspendus. Toutes les couleurs étaient représentées, mais le rouge dominait. Il avait remarqué d'autres choses qui l'inquiétaient davantage : des ingrédients mystérieux, des herbes, des sacs traînant çà et là… L'esprit du géant se mit à paniquer : Encore de la sorcellerie !

Au fond de la roulotte, dans la chaleur et la demi-pénombre, se tenait une femme de belle allure, Carmen. Si son regard semblait avoir vu bien des hivers, sa silhouette fine et sa magnifique chevelure noire et argent, faisaient d'elle une hôtesse séduisante. Il émanait d'elle une grande sérénité et la douceur de sa voix le détendit un peu, mais une part de lui résistait. Abraham lui demanda si elle était une sorcière et s'aperçut que cette pensée le chagrinait. Elle répondit qu'elle n'était pas sorcière mais magicienne… Face à cet adversaire, pourtant insignifiant, il n'en menait pas large.

« Aurais-tu peur de moi ? » demanda-t-elle de sa voix suave. Le géant se contenta de répondre qu'il y avait des choses contre lequel le plus puissant des hommes ne pouvait rien. Carment lui sourit et caressa ses larges épaules.

« Tu es bien sage... »

La phrase qu'elle prononça ne le rassura pas complètement.

Le bois de la roulotte émit un grincement désagréable. Dans cette ambiance silencieuse et lourde à la fois, le moindre bruit dénotait. La femme se rapprocha d'Abraham. Elle lui faisait de plus en plus peur. Avec ses yeux sombres comme un puits sans fond, elle le dévisagea et se mit à lui tourner autour comme une panthère autour d'une proie. Quand elle lui toucha les épaules, il eut un petit sursaut qui la fit sourire. Celui-là ne serait pas facile à détendre. Elle lui chuchota tout doucement à l'oreille :

« Laisse-toi faire... »

Rapidement, elle se colla contre son dos et commença par lui enlever la veste.

Abraham avait l'impression d'être un pantin désarticulé qui n'était plus maître de ses mouvements. Une étrange langueur s'était emparée de son être. Il n'avait pas l'habitude d'être le jouet d'une femme, celle-ci devait posséder de grands pouvoirs pour le contraindre ainsi à sa volonté. Une fois la veste enlevée, elle lui desserra la ceinture et ôta sa chemise. Elle se mit à le sentir, comme le ferait un animal, puis sortit un chiffon qu'elle frotta sur sa peau. Quand elle eut terminé son inspection bizarre, elle en découpa un morceau et le brûla avec la flamme d'une bougie. Il dégagea une flamme verte, à l'air funeste. Elle le regarda d'un air méfiant et recommença à lui tourner autour.

« Dis-moi, beau géant, quelles angoisses t'habitent ? Ne t'inquiète pas, je vais te nettoyer le corps des mauvaises substances. Tu seras bientôt aussi pur qu'un nourrisson. »

Au départ un peu réticent, le contact de ses mains lui procura une sensation de bien-être indicible. Abraham ferma les yeux et se détendit. Elle lui fit boire une liqueur à l'odeur de plantes, très forte. Il refusa d'abord mais le sourire de la magicienne le fit changer d'avis, une fois de plus. Il l'absorba d'un trait. Immédiatement, son cœur s'accéléra et il se mit à transpirer si abondement, qu'il ruisselait. Il se sentit partir et il lui sembla perdre un peu connaissance. Très vite il se retrouva nu couché sur des couvertures. À son chevet, Carmen lui fit boire une décoction de plantes et de pierres, sans interruption. Abraham flottait, il rêvait à ses forêts, à ses combats, aux blessures, à sa mère… Le temps s'arrêta. Quand il revint à lui, elle le fit se lever. Il fut surpris de retrouver aussi rapidement l'usage de son corps. Il plaça ses pieds dans une bassine et Carmen commença à le laver avec une éponge chaude qui sentait le jasmin. Quand il fut lessivé de la tête aux pieds, elle le plaça sur un grand lit. Il se retrouva couché sur le dos, elle lui massa les organes, doucement afin de libérer les tensions résiduelles, puis il se mit sur le dos. Elle caressait maintenant le géant en appuyant sur des points bien précis. Il passa de la douleur à l'extase en quelques impulsions. Progressivement le massage devint plus énergique. Tous les membres de son corps eurent une attention particulière. Il découvrait une utilité à des parties de son corps qu'il ignorait. Où donc ce diable de femme avait-elle appris tout cela ? Au bout de plusieurs heures de ce traitement, Abraham se sentit complètement remis des efforts de la journée. Une fois rhabillé, elle lui proposa à manger. Abraham commença à dévorer, mais elle l'arrêta rapidement.

« Tu ne dois pas, il faut manger assez mais pas trop, sinon tu seras malade ! »

Elle se retourna et lui apporta une boisson de couleur rouge.

– « Tiens, je l'ai faite pour toi, elle te portera chance ».

Abraham but le thé à contre-cœur. Il aurait préféré un whisky mais Carmen insista.

« Bois tout… et ne mange plus rien avant demain, plus rien ! »

Il obtempéra. Il se sentait bien… Très bien. C'était la première fois de sa vie qu'on l'ensorcelait et il avait trouvé ça plutôt agréable. Avant de le quitter, elle lui dit d'un air doux.

« Ton destin est presque aussi grand que toi, aussi, prends garde ! Ne t'adonne pas aux rêves artificiels.

– De quoi parles-tu ?

– Ton sang… Ton sang contenait des traces d'une plante qui donne des rêves, mais qui peut te plonger dans un sommeil sans fin. Si tu ne l'as pas prise consciemment, celui qui te l'a donnée connaît les fleurs du mal. Prends bien garde à toi ! Je sens une ombre planer et une main malfaisante ! »

Il acquiesça, n'ayant pas trop compris de quoi il retournait. Il se promit d'être plus vigilant. Quand il sortit, il était un autre homme. Il flottait comme sur un nuage et la force irradiait dans son corps. Il se sentait invulnérable. Au bas de la roulotte, La Mèche l'attendait et lui dit :

« Alors ? M'est d'avis qu'elle t'a requinqué la Carmen ! Viens, Finch doit avoir fini… »

Abraham eut l'impression qu'il venait de renaître à la vie.

24

La Taverne aux bras d'acier

Taverne des Fullback, village de Greyford.

Finch les attendait sur la route, visiblement très excité.

« Ça s'est bien passé ? »

La Mèche lui répondit dans un sourire :

« La Carmen, elle sait y faire ! » Devant l'air agressif de Finch, La Mèche enchaîna sans attendre : « C'est bon, t'énerve pas. Il est prêt. »

Abraham confirma en se déclarant apte au combat. Finch poursuivit :

« Bon, bon, ça va être le moment de la présentation des concurrents. Ça se passera là-bas ! »

Il désigna la taverne de madame Fullback. Elle était submergée. Aucun soldat du régiment des Highlands n'aurait raté le concours de bras de fer du régiment. L'affluence était si grande que des tentes avaient été installées tout autour de la taverne pour l'occasion, donnant à l'ensemble l'allure d'un village pris d'une frénésie collective. La Mèche détailla Abraham et lui dit :

« Les gains dépendent de tes chances présumées de succès, alors essaie d'avoir l'air un peu moins… fort ! »

Finch tenta de rentrer les épaules de son champion ou de le voûter, mais rien ne semblait amoindrir la morphologie d'Abraham. Il réfléchit un instant et demanda à Abraham :

« Carmen ne t'aurait pas donné une petite potion ? »

Abraham la lui tendit. D'un air entendu, Finch escamota rapidement l'objet dans sa poche. Il demanda ensuite la bouteille de whisky à La Mèche, qui refusa catégoriquement de lui donner. Après une petite dispute, Finch aspergea la tête d'Abraham de liquide ambré, pour, selon lui, donner un côté plus vulnérable au géant. De son côté, La Mèche faisait savoir en marmonnant que si c'était pour en faire une lotion pour les cheveux, ils auraient mieux fait de prendre du ratafia !

La petite troupe se mit en route. Abraham se demandait avec amusement comment une histoire commencée de la sorte avait une chance de bien se terminer.

À l'intérieur de la taverne, la soirée battait son plein. On entendait des cris et des rires, comme si tous les démons des enfers s'étaient donnés rendez-vous dans ce lieu de perdition. L'orchestre de la compagnie donnait la mesure aux chants écossais. Les filles sautaient d'un soldat à l'autre, et les poutres qui soutenaient les chambres des étages, semblaient sur le point de craquer. Étrangement, au milieu de cet énorme capharnaüm, une table vide attendait les champions. Devant l'air ahuri de ses camarades, Finch afficha un sourire vainqueur.

« Hommes de peu de foi ! Bon les gars, on se concentre. Même si j'ai tout prévu, vous savez comme moi que ça veut rien dire. Tout peut rapidement dégénérer. La Touffe et Cat, vous assurez nos arrières, on sautera par la fenêtre des fois que ça ne tourne pas comme on voudrait. La Mèche… Toi, tu sais ce que t'as à faire ! »

La Mèche acquiesça. Au fond de sa poche, une grenade à mèche courte attendait son ordre. Finch un peu nerveux, jouait de temps à autre avec la potion de Carmen. Il savait que s'il la donnait au bon moment, la force d'Abraham serait décuplée.

La bière et le whisky coulaient à flot. L'orchestre de la compagnie jouait encore, malgré l'état d'ébriété avancée de ses membres. Le violoniste, seul survivant du naufrage, tentait désespérément d'attirer l'attention sur ses qualités de musicien hors pair, mais comme lui faisait remarquer son voisin de tablée, de toutes les musiques, rien ne valait celles jouées seins nus.

La voix du sergent Mac Deeth, organisateur de la soirée, les appela au travers d'une carafe de fer sans fond, qui faisait office de porte-voix . Quand ils arrivèrent à côté de Mac Deeth, l'imposante silhouette d'Abraham créa l'effroi et la salle se fit plus silencieuse. Puis, des sifflets commencèrent à poindre. Le sergent s'approcha illico et souffla à l'oreille de Finch :

« Bordel ! À quoi tu joues ! Tu veux te faire tuer ? C'est qui ce gars ? C'est un concours de la compagnie ! Pas un concours des nations indiennes ! »

Abraham l'apostropha de manière abrupte.

« Et ça pose un problème, sergent ? »

Le visage de Mac Deeth s'assombrit et Finch argumenta :

« Tout le monde sait qu'il travaille à l'état-major du vicomte Tadwick. C'est son aide de camp. Je ne vois pas ce qu'il te faut de plus ! »

Mac Deeth remarqua qu'Abraham empestait le whisky. Il pensa qu'il valait mieux accepter que risquer une bagarre générale avant le tournoi.

« Comme vous voudrez, mais ce n'est pas moi qui assumerais tes bourdes, Finch. C'est clair ? »

Il porta ensuite le porte-voix à sa bouche :

« Le concours de bras de fer est lancé ! »

La salle ploya sous le flot des hurlements et des sifflets. Les soldats hurlaient, et des objets se mirent à voler dans toutes les directions. L'excitation était à son comble. Mac Deeth reprit la parole et désigna son sifflet.

« Oh ! Les gars ! Calmez-vous, sinon je siffle, et la garde arrivera pour vous botter le derrière ! » Puis un grand sourire aux lèvres, il hurla : « D'où qu'on vient ? »

Un immense « des Highlands ! » surgit des entrailles de la taverne. Les hommes tapaient des pieds en faisant des bruits de bêtes. À part ça, c'était lui qu'on traitait de sauvage, pensa Abraham.

La troupe partit s'asseoir dans le coin réservé au champion de la 4☒ compagnie, celle de Finch et sa bande. Une fois défoulés, les habitués commencèrent à réfléchir à leurs paris. La salle devint presque silencieuse en reprenant un brouhaha conventionnel. La musique de l'orchestre redevint audible et le violoniste en profita pour faire une improvisation de toute la puissance de son archer. Assez rapidement, il attira l'attention de la table d'à côté. Ravi, il reprit de plus belle. Arrivé à l'apothéose de son développement, il fut salué par un fond de verre de bière et un magistral :

« La ferme, la violinette, tu ne vois pas qu'on essaie de réfléchir ! »

Dépité, il déposa les armes et rejoignit le comptoir où il se mit à boire devant tant de goujaterie.

Les champions étaient tous très musclés, les gars de la première et de la troisième étaient de beaux athlètes et, même s'ils avaient certaines prédispositions naturelles, ils restaient de forme « humaine ». Ce n'était pas le cas de Jonas Furlan de la seconde compagnie. Il ressemblait à un cube avec des bras de titan. À ces côtés, se tenait le fourbe Larry Pierce, son comparse de toujours.

Comme par hasard d'après Finch, Abraham était le premier à entrer en piste contre un certain Edmond de la première compagnie. C'était un bel homme, blond et bien bâti. Son teint halé et ses yeux clairs plaisaient énormément aux dames… quand il ne souriait pas. Sa dentition était parsemée d'éclaircis, résultat de caries et de bagarres dans les bars. C'était un fameux pugiliste et ses poings étaient redoutés, mais il n'avait pas le physique d'un compétiteur de bras de fer. Quand il s'assit fasse à Abraham, il n'en menait pas large. Il n'avait jamais vu un homme de cette taille et de cette corpulence. Il commençait à regretter d'avoir cédé à ses camarades… Seule consolation, ses pauvres dents resteraient intactes ce soir.

Mac Deeth reprit son porte-voix et annonça :

« Les règles sont simples, aucun de vous deux ne bouge avant mon ordre, sous peine de pénalité. Si une main glisse, je pénalise ! On a le droit de s'aider de la table et de tout ce qu'on trouve ! Allez en position ! À vos marques… C'est parti ! »

Les deux protagonistes se mirent à pousser de toutes leurs forces mais dans un grand geste brutal, Abraham éclata le bras du pauvre Edmond. Ses amis vinrent le chercher et une charmante demoiselle s'empressa de le réconforter. Naïvement, il lui sourit et la fille détourna le regard. Ce n'était vraiment pas sa soirée…

Finch, enchanté, passa à la caisse mais contempla avec amertume son chapeau resté bien vide. Le combat disproportionné n'avait pas remporté grand-chose.

Un peu plus tard, l'imposant Jonas perdit face à Georges de la troisième compagnie, à la surprise générale. La salle hurla à la tricherie mais, quand Jonas se releva, les mécontents devinrent plus silencieux… Finch était hors de lui. Il s'en prit courageusement à Larry, l'acolyte de Jonas. Il vint le trouver alors qu'il encaissait les paris.

« Ça ne te gêne pas d'arnaquer les gars ? Escroc !

– C'est l'homme à l'indien qui m'accuse d'arnaque ? »

Le regard de Finch devint noir :

« Tu es un sale type Larry. On verra si tu fanfaronneras quand ton champion aura le bras en écharpe !

– C'est ça… Tu peux y croire. Au fait, j'ai vu sortir ton bonhomme de chez Carmen avec ton pote La Mèche. Je sais pas pourquoi, mais je vais toujours traîner là-bas avant les épreuves. Tu sais, des fois qu'il y ait des petits malins… Dans le genre tricheur, tu vois ?

– Tu joues à quoi Larry, c'est dans les règles d'aller voir Carmen, pourquoi tu cherches les embrouilles ?

– Je ne cherche pas les embrouilles, je dis juste que je t'ai à l'œil… À ce propos qu'est-ce que tu caches dans ta poche ? T'as pas oublié que les seuls produits autorisés sont la bière et le whisky… »

Finch le regarda fixement dans les yeux.

« T'as qu'à venir voir… »

Le coup de poing de Larry parti si vite, que ce dernier lui coupa nette l'arcade. Finch devint incontrôlable et sauta à la gorge de Larry. Les hommes eurent bien du mal à les séparer, poussant Jonas et Abraham à intervenir. Les deux futurs adversaires en profitèrent pour se toiser du regard. Finch avait du mal à calmer son énervement et gesticulait dans tous les sens, un morceau de viande cuite sur l'œil abîmé. Son ami Cat le tentait de le ramener à la raison.

« Tu ne devrais pas t'énerver comme ça, ça ne sert à rien. À chaque fois tu prends des mauvais coups. Laisse la viande sur ton œil !

– Mais elle est cuite ta viande ! Ça marche pas !

– Parce que tu crois que c'est le moment d'avoir des exigences sur la cuisson ? Tiens, bois un coup, ça te fera du bien. »

La Touffe crut bien faire en demandant comment il pourrait être utile. La réponse ne se fit pas attendre.

« Tu aurais pu être utile en me laissant briser la mâchoire de cet abruti ! Maintenant, va t'occuper des paris ! »

Effectivement, Abraham rentrait à nouveau en piste. Suivant les conseils de ses associés, le géant fit de son mieux avec le bras de Georges, le champion de la première. Pour faire monter sa cote, il se garda de gagner trop aisément. Il joua un peu avec le public avant de triompher. Lorsqu'ils se relevèrent, Georges se tenait le bras et se déclara forfait pour la suite. Finch finit de s'énerver :

« C'est encore un coup de Larry, avec lui, c'est arrangement et compagnie ! »

Le brouhaha montait, mais quand Mac Deeth désigna son sifflet, tout le monde se tut. Que Finch le veuille ou non, Abraham serait forcé de rencontrer Jonas, la brute épaisse qu'il aurait été plus sage d'éviter. Quant à Larry, son acolyte, il ne valait pas mieux et avait la réputation de savoir tirer dans le dos à l'occasion…

Derrière sa tranche, Finch ruminait. Il avait décidé de régler son compte à Larry. Une fois le combat lancé, les yeux seraient tournés vers le match et il aurait le champ libre. Il regarda la fiole de Carmen et se dit que finalement, 'le tonic pour le cœur' ne serait pas pour leur champion. Il attendit que tous les regards soient fixés sur le match, et l'ingurgita d'un trait.

Au bout de quelques minutes, la nervosité de Finch se mua doucement en une sorte d'excitation incontrôlable. L'Écossais, blanc comme un linge, avait les mâchoires serrées et transpirait à grosses gouttes. Il regarda la stature d'Abraham et se demanda si la dose n'était pas un poil trop forte pour un petit gabarit comme le sien.

Au même moment Abraham fut appelé pour son combat contre Jonas Furlan. Blême et survolté, Finch avait la curieuse sensation qu'il allait finir par exploser, et Larry était là, devant lui… Soudain, il fut ballotté de gauche à droite, et se retrouva aux premières loges pour le dernier bras de fer.

La tension dans la salle était à son comble. Au bord de la rupture, Finch retrouva un peu de contenance en hurlant des encouragements guerriers à son champion. Même dans le contexte de la taverne, ses cris trop exagérés attirèrent l'attention.

Lorsque les deux masses s'empoignèrent, le silence se fit. On entendit craquer la table et les chaises. Les titans étaient à l'œuvre. Chacun poussait autant qu'il le pouvait. La stature plus compacte de Jonas l'avantageait un peu, et Abraham commençait à transpirer. Aucun des deux bras ne semblait l'emporter et la souffrance montait dans les visages.

Cela faisait une bonne minute que les mastodontes s'affrontaient. Abraham commençait à se dire qu'il n'allait pas l'emporter. De son côté, Jonas pensait la même chose. Afin d'en finir, Abraham mit toutes ses forces en jeu dans un même mouvement. Cette recrudescence de vigueur surprit Jonas qui plia avant de se reprendre. La table n'en finissait pas de craquer. Au même instant, les deux adversaires usèrent de toutes leurs forces, faisant s'écraser la table dans un tonnerre de tous les diables. Les deux combattants s'affalèrent au sol, à la surprise générale.

Ce fut le moment que choisit Finch pour se jeter sur Larry, l'accusant d'avoir saboté la table comme le reste, et il le matraqua de coups au visage. Assez rapidement, la mêlée générale s'organisa. Mac Deeth s'époumonait dans son sifflet qui ne perçait pas la cohue, dominée par un Finch survolté. Comme un diablotin, il sautait de chaise en chaise, en agitant ses bras de tous les côtés. Au milieu du capharnaüm, Abraham et Jonas se relevèrent.

Maintenant qu'ils se faisaient face sans enjeu, ils

saluèrent leur performance mutuelle et se promirent de finir la partie un jour. Tout droit sorti des enfers, Finch apparut surexcité et frappa d'un direct du droit bien senti, le visage de Jonas qui encaissa le coup sans broncher. Finch s'aperçut de son erreur et tenta le repli stratégique le plus rapide du monde. Il s'envola en direction de la sortie mais Jonas parvint à lui asséner une énorme claque sur la cuisse qui l'envoya se fracasser dans les chaises. Vif comme l'éclair, Finch se redressa et disparut dans la mêlée générale. Au cœur de la bataille, Mac Deeth n'en pouvait plus de siffler jusqu'à ce qu'une chaise ne finisse par le faire taire. Finalement, la garde intervint, donnant le signal de la retraite générale.

La Mèche décida de couvrir leur retraite. D'un geste sûr, il sortit sa grenade et la donna au violoniste. Le temps que le musicien ne réalise la situation, La Mèche frotta ses silex. La fumée jaillie de la grenade. Le violoniste hurla si fort que tout le bar le vit la jeter en l'air avant de s'enfuir. Quand elle heurta le sol, une épaisse fumée blanche emplit la salle et ce fut un « sauve-qui-peut » général.

Madame Fullbach surgit comme une diablesse des cuisines en hurlant au feu. Ceux qui le pouvaient, sautaient des étages, les autres se pressaient contre la moindre ouverture. Puis ce fut le déluge. Une multitude de seaux se déversaient de toute part, éteignant rapidement l'incendie imaginaire. Quand la fumée cessa, madame Fullback comprit que sa taverne avait été inondée pour rien. À l'extérieur, le village d'un soir semblait avoir été rasé par une horde de Huns.

Bien plus loin, Finch retournait ses poches et montrait qu'il n'avait rien pu sauver. Abraham ne serait pas rétribué pour ses efforts. La Touffe, toujours opportuniste, en profita pour déballer deux gros poulets et des bouteilles subtilisées pendant la fuite. Il apparut à tous que la soirée n'avait pas été si mauvaise. Abraham, qui comprit que personne ne pourrait le payer, accepta de bon cœur le repas en déclarant s'être très bien amusé. Beau joueur, il leur dit qu'entre soldats, il fallait s'aider. Ils partagèrent les boissons qu'ils avaient pu sauver et se séparèrent bons amis.

25

Le Départ

Château de Blenhum.

Le jour était là, mais le ciel restait noir et sa lumière grise donnait à l'herbe verte un aspect phosphorescent. Quelques heures plus tard, Abraham, trempé sous la pluie, la tête serrée comme dans un étau, attendait que le major Tadwick ait fini les salutations d'usage avant de prendre la route. «Quelle soirée» pensa-t-il en réalisant un rapide tour d'horizon, mais ses nouveaux amis semblaient perdus dans un océan de tuniques rouges toutes égales entre elles.

« Sale temps pour un voyage... » pesta le guerrier Mohawk.

William était sur le pied de guerre depuis les aurores. La veille, il avait donné les derniers ordres et reçu les siens de la main de lord Gordon-Holles. « Au printemps, l'expédition ! » Le vicomte avait accepté, songeant que d'ici là, l'assassin serait au bout d'une corde. Il était allé saluer Eleanor et ses filles. Bizarrement, Mary et Sarah furent les plus affectées par ce départ. Surtout Mary qui dévorait des yeux son bel Hercule. Ils avaient promis de revenir pour le grand bal demandé par Édith. C'est un William changé qui quittait le château de lord Gordon-Holles.

Derrière lui, se tenaient quatre compagnies équipées et prêtes à avaler les miles qui le séparaient de chez lui. Les hommes se mirent en marche, sous la pluie en rideau de cette fin de matinée. La silhouette fine et élancée des coursiers passa devant les fenêtres du bureau du Lord. Thomas regardait partir avec fierté ce qu'il avait contribué à créer. Il espérait maintenant que le destin était en marche. Cesare Fanelli ne partageait pas le même optimisme.

« Six mois, c'est assez long, pour avoir des ennuis…

– Je lui ai donné un régiment pour assurer sa protection ! Que vouliez vous de plus ?»

Cesare répondit en fronçant les sourcils.

« Une armée protège des boulets, pas des assassins

– Vous vous trompez sur son compte. Nous cherchions dans l'ombre, armés de la seule logique. Je crains que son tempérament ne soit pas le nôtre. Espérons qu'il ne me pousse pas dans les bras des Tories. Le roi peut être compréhensif mais, j'ai peur qu'il ne finisse par m'imposer ce satané Faulkner. Le sucre des Antilles l'attire plus sûrement qu'une mouche. Au moindre faux pas de William, toute sa hargne me retombera dessus ! »

Cesare ne dit plus rien. Dans le silence de son regard, on lisait une profonde angoisse. Il comprit qu'il ne parvenait pas à imaginer le vicomte revenir entre quatre planches… Soudain, il comprit que si l'irréparable se produisait, il s'en voudrait à jamais. À leurs pieds, défilaient quatre compagnies des Highlands avec à leur tête, un William Tadwick gonflé d'une certitude : si un assassin se terrait chez lui, il le trouverait.

Quand son regard croisa celui de Thomas, lord Gordon-Holles déglutit: L'heure de vérité débutait.

La Lettre

Château de Blenhum, chambre d'Eleanor Gordon-Holles

La lettre apportée par l'ami de Marcus, Archibald de St-Maur dit « la plume blanche » en raison de son étrange couvre-chef, se tenait là, nonchalamment posée contre un tiroir du secrétaire en bois. Elle semblait attendre qu'une âme salvatrice vienne la libérer de ses secrets, comme un cœur trop chargé d'émotion se libère dans les larmes.

Naître Mac Bain signifiait porter le fardeau familial jusqu'à sa mort. Même si elle possédait la richesse et la beauté, Eleanor avait toujours eu la sensation de n'être qu'une esclave aux mains du destin. Sa vie durant, les évènements avaient décidé pour elle, jusqu'à ce jour où l'idée d'un homme vint lui offrir l'espoir. C'était une folie, elle le savait, mais pour la première fois, elle avait caressé l'idée d'une vie différente. Conscient de son devoir et par amour pour Eleanor, Marcus Mac Bain s'était emparé de cette quête sans retour. Avec le temps, il avait échoué un tel nombre de fois que nul ne se souvenait du décompte exacte. La lecture de ses blessures donnait la mesure de la difficulté. Pourtant, il n'abandonna jamais. Chaque échec était pour lui l'occasion d'un renouveau. Les ennemis du duc de Mac Bain savaient que pour faire lâcher la corde à un chien enragé, il fallait le briser. Pour tout cela, Marcus Mac Bain inspirait crainte et respect.

Durant tout ce temps, Eleanor avait composé avec l'espérance et l'angoisse qui parsèment les longues attentes. La moitié d'une existence suspendue à un fil plus fin que celui d'un ver à soie, et qui ressemblait à un fantôme de bonheur. Même si la route était sombre, il n'y avait pas d'autre alternative. Marcus ne devait pas échouer. Du fond de leur désespoir, tous les deux cherchaient la même chose et cela dépassait l'objet même de la quête. Ils accomplissaient tout cela pour eux et afin que leur famille ait une chance, aussi tenue soit-elle. Aujourd'hui, le but était à portée main et plus le ciel se dégageait, plus l'attente devenait longue. Marcus ne nourrissait pas autant d'espérance dans sa réussite. Elle n'était qu'une étape. Il se savait prisonnier car cela faisait bien longtemps que son bonheur ne lui appartenait plus. S'il avait su pleurer pour se délivrer alors il l'aurait fait, mais voilà, Marcus Mac Bain ne savait pas.

Quand le coupe-papier d'Eleanor s'engouffra dans le papier et que la cire craqua, son cœur se mit à battre plus vite. Elle déplia la lettre et remarqua l'écriture hâtive, signe des bonnes nouvelles. Elle se détendit. À travers les mots écrits pour les autres, elle déchiffra ceux qui lui étaient adressés. La lettre commençait ainsi :

« Ma très chère Eleanor,

Je t'écris cette lettre sur le bateau qui me ramène vers toi et je l'espère, la fin de mon voyage. » Marcus avait réussi ! Elle mit la main à sa bouche pour ne pas crier, et poursuivit sa lecture tandis que des larmes de joie glissaient le long de ses joues. « Cette course ne fut pas la plus facile de mon existence. L'empire ottoman est un endroit plein de surprises et de mystères, bercé par les charmes de l'Orient et la lumière du Bosphore, on y rencontre toutes sortes d'individus. Certains, parmi les plus dangereux qu'il m'ait été donné de connaître. Cependant, j'espère que ce que j'y ai trouvé te ravira. Je vous ramène quelques souvenirs qui devraient vous plaire. L'un d'entre eux devrait faire ton bonheur… »

Epilogue

Duncan Westerly n'était pas simplement laid, il était hideux. Petit et râblé, il affichait un visage ingrat et une physionomie qui ne s'oubliait malheureusement pas. La légende racontait que sa mère décéda le jour de sa naissance quand elle le vit. Comme à chaque fois, une part de vrai se cachait sans doute derrière tout ça, mais nul ne connaissait madame Westerly et en vérité, personne ne savait rien de l'enfance de Duncan. Assis sur son char à bœuf, il dandinait au rythme des oscillations de la bête et du chemin forestier. Bientôt, la lumière traversa l'épaisse couche de canopée et éclaira le chariot. Le chariot s'approchait de la périphérie ; la forêt de Blackwolf régurgitait un de ses infâmes rejetons. Le soleil, déjà haut, agressait ses yeux habitués à l'obscurité des profondeurs du bois. En guise de chapeau, il plaça sa main devant son regard et lança un grognement. À l'arrière, il transportait un coffre et des cannes. Il se rendait à la pêche et chose étrange, il n'avait pas l'air heureux. Peut-être que simplement, il ne savait pas l'être.

Là où d'autres auraient choisi un beau lac ou le littoral pour sortir des poissons, Duncan se rendait au pire endroit jamais inventé pour la pêche : les marais de Sherklow. Putrides, profonds, dangereux, étaient autant de mots pour désigner le même lieu sinistre. Autour, la végétation rase de lisière de bois, parsemée de roseaux, était parée d'une aura inquiétante. Dans cet endroit, la poitrine se serrait et rapidement, on étouffait d'angoisse. Situé en contrebas de la vallée, le marais recevait les résidus que la pluie et les torrents lui amenaient, principalement des animaux morts et des branchages. Il n'existait nulle échappatoire aux marais de Sherklow. Devant tant de splendeur, un poète aurait déclaré que le pêcheur et le lieu étaient assortis.

Le chariot sortit du bois et malgré son poids, il donnait l'impression de caresser l'herbe grâce à ses larges roues. Arrivé à destination, Duncan descendit en grommelant et stationna sa monture près des troncs d'arbres couchés. Il disparut un instant à la recherche de quelque chose. Il ressortit de son trou, tenant à la main une corde recouverte de mousse. Après quelques efforts de ses bras trapus, il parvint à ramener une barque vermoulue dissimulée dans les roseaux. Il glissa ses cannes à l'intérieur et retourna chercher le coffre qui grattait le fond du chariot. Les pêcheurs appréciaient toujours avoir à disposition tout leur matériel. Vu la taille du coffre, Duncan était équipé pour plusieurs vies. Croulant sous le poids, il plaça, en geignant, tout son attirail dans la barque et s'éloigna du bord. Il connaissait les marais comme sa poche et avec agilité, il évita les hauts fonds et les corps morts. Quand il jugea la profondeur suffisante, il jeta le boulet qui lui servait d'ancre. Une fois mis en sécurité, il ouvrit son petit baluchon et cassa un bout de croûte : du pain, de la bière et de la viande séchée. Il méritait bien une petite pause.

Duncan mangeait de tout et se contentait de peu. Cependant, il avait un péché mignon. Originaire des îles, il adorait le poisson plus que tout. Les rivages océaniques lui étant interdits, il devait se contenter de poissons de marécages. C'était toujours mieux que rien. Pour cette chair, il désobéissait à son maitre. Les risques qu'il prenait étaient immenses mais calculés : nul ne devait le voir, ni connaître son habitude. En fonction des lunes, il était chargé d'effectuer des travaux qui le rebutaient, et comme manier la pelle ne lui plaisait pas… À la place, il choisissait d'aller à la pêche dans les marais qui jouxtaient la forêt de Blackwolf.

Dans le silence, il profita de son en-cas. Il n'y avait pas âme qui vive. Une fois rassasié, il rapprocha le coffre, en prenant garde de ne pas trop faire tanguer le bateau. Les poids devaient s'équilibrer. Il retint sa respiration et plaça son foulard devant son nez avant de l'ouvrir.

Le spectacle, à l'intérieur, était horrible. Un corps disloqué, en état de décomposition avancée, apparut. Les asticots le recouvraient intégralement rendant l'odeur insoutenable. Dans les longs cheveux châtains de la victime, traînait un morceau de tissu vert et rouge. Duncan ne le remarqua pas. Son intérêt résidait ailleurs. Asticots, viande faisandée…l'appât était parfait ! Il attacha le cadavre à un lest et le balança par-dessus bord. Un plouf lugubre retentit dans le marais silencieux. Le corps de la pauvre Margaret ne réapparut pas. Il jeta ses casiers et ouvrit son petit fut de bière. La pêche pouvait commencer !

À suivre...

2 - Charity Cross

Printed in Great Britain
by Amazon

28827123R10098